Einen lieben Weihnachtsgruß
für Vater Reinhard
von seiner
Ursula
Weihnachten 1980

Gregor von Rezzori

Die schönsten maghrebinischen Geschichten

MIT ACHTUNDVIERZIG ZEICHNUNGEN
VOM VERFASSER

Rowohlt

Schutzumschlag- und Einbandentwurf
unter Verwendung von Zeichnungen des Verfassers

1.–10. Tausend August 1974
11.–15. Tausend September 1975
16.–20. Tausend Februar 1978

Gesamtherstellung Clausen & Bosse, Leck/Schleswig
Printed in Germany
ISBN 3 498 09783 0

INHALT

MAGHREBINIA

I. KAPITEL – ZU UNTERRICHTEN DEN LESER ÜBER DAS SEHR GROSSE UND RUHMREICHE LAND MAGHREBINIEN – SEINE GENAUE LAGE UND BESCHAFFENHEIT – INSONDERHEIT BETREFFEND DEN CHARAKTER SEINER BEWOHNER – SOWIE VERSEHEN MIT EINER FUSSNOTE ÜBER DEN PATRIARCHEN VON METROPOLSK.

Ich berichte Ihnen hier von dem sehr großen und ruhmreichen Lande Maghrebinien. Sie werden es vergeblich auf der Karte suchen. Es ist in keinen Atlas eingezeichnet und auf keinem Globus zu finden. Manche behaupten, es liege im Südosten – oder gar: es sei schlechthin der Südosten damit gemeint. Aber was ist der Südosten, ich bitte Sie? Um in der verdorbenen Sprache des Westens zu reden: Ein höchst relativer Begriff im kopernikanischen Weltsystem.

Pedanten freilich könnten allenfalls versuchen, die Grenzen des Landes Maghrebinien in ungefähren Umrissen geographisch abzustecken. Aber gerade Pedanten würden dabei irren. Denn die wahren, die eigentlichen Grenzen Maghrebiniens liegen im Herzen und in der Seele seiner Menschen. Und Pedanten wissen nichts vom Herzen und von der Seele des Menschen.

Maghrebinien ist groß. Der Schall der Glocken von den Zwiebeltürmen seiner Kirchen (aber in Wahrheit sind es keine Zwiebeltürme, sondern Knoblauchtürme, und der Knoblauch ist für Maghrebinien, was für Indien der Lotos ist) – der vielstimmige Schall der Glocken von den Knoblauchtürmen seiner Kirchen also in den nördlichen und westlichen Provinzen trifft auf die langgedehnten Rufe der Muezzins von den nadelspitzen Minaretts der zahllosen Moscheen aus den südlichen und östlichen, und sie beide verschmelzen in seinem Herzen zu einer Jubelstimme, die dem HERRN dankt für SEINE Schöpfung, so wie sie ist: mit Liebe und mit Tod, mit Lachen und mit Tränen, mit Schönem und mit

Häßlichem; mit Reichen, die in ihren Schätzen wühlen, und mit Armen, denen die Not das Mark verzehrt; mit sanftäugigen Gazellen in der taufunkelnden Frische des hellen Morgens und fürchterlichen, reißenden Läusen in der ewigen Finsternis deines Hosenbodens.

Sehr groß ist Maghrebinien. Zöge man zum Beispiel alles Rahat Lüküm (das ist: eine klebrige Süßigkeit, welche die Zungen der Damen Maghrebiniens ebenso erfreut wie die Poesie diejenigen seiner Männer) – zöge man also alles Rahat Lüküm, das die Lieblinginnen im Harem meines Milchbruders Akif Zadik Zade Siktirbey jemals in der tigerfleckig trägen Schattenstille der Khefs zwischen ihre hennaroten Lippen geschoben haben – all die unnahbar stolzen Zirkassierinnen und die langgliedrigen, ebenholzfarbenen Nubierinnen; die zarten, quittengelben Mädchen aus Zipangu und endlich die fetten Koptinnen (denn Frauen sind wie Birnen: dort am süßesten, wo sie am schwersten sind) –; zöge man diese Hekatomben zähen Rahat Lüküms zu einem spinnwebfeinen Faden aus; und knüpfte man ein jedes Haar aus dem seidigen Barte des Propheten und ein jegliches aus dem ruppigen Biber Rasputins aneinander und verbände sie mit jedem einzelnen der Mädchenhaare Anna Csillags (deren sich die ältesten Maghrebinier noch leibhaftig entsinnen) und weiterhin mit jedem einzelnen aus den Pajes des großen Wunderrabbis von Sedagura, Rabbi Schalom Mardochaj –: knüpfte man sie alle fein säuberlich eines an das andere, so hätte man, zusammen mit dem spinnwebfeinen Faden Rahat Lüküms, zwei Fäden, lang genug, sie kreuz und quer durch Maghrebinien zu legen.

Maghrebinien ist schön. Sein Himmel ist übersät von Myriaden funkelnder Gestirne und geschwängert von den Düften der Rosen und des Hammelfetts. Sein Äther ist durchpulst vom ewigen Gezirpe der Zigeunerfiedeln und vom rhythmischen Klatschen der Stockhiebe auf den Rücken störrischer Esel und unfolgsamer Weiber. Es ist ein Land, in dem man tausend Zungen spricht und nur eine Sprache: die einsichtstiefe Sprache weiser, knoblauchgesättigter Herzen.

So leben die vielfältigen Stämme und Völkerschaften Maghrebiniens in guter Eintracht beieinander, namentlich da eine kluge Staatsführung den allfälligen nationalen Spannungen die Ventile häufiger Pogrome offen läßt. An der Spitze des Staates stand, bis zur kürzlich erfolgten Vertreibung des letzten Monarchen, Nikifors XIV., das Königshaus der Karakriminalowitsch. Zahlreiche Gospodare und Kaimakame (das sind: Statthalter des Königs) übten in den einzelnen Provinzen die Regierungsgeschäfte aus. Inzwischen hat man auch in Maghrebinien die fortschrittliche Staatsform der Demokratie gewählt. An die Geschäfte der Regierung drängt sich ein Schwarm von Politikern wie ein Wurf von blinden Ferkeln an die fetten Zitzen einer Sau. Da sie einander häufig ablösen, fördern sie mit der eigenen zugleich die allgemeine Wohlfahrt.

Die Kultur des Landes ist alt. Vor einigen Jahren, zum Beispiel, beschloß man, die wichtige Verkehrsader der Hauptstadt Metropolsk, genannt die Kalea Pungaschilor (das ist: die Straße der Taschendiebe), zu pflastern. Arbeiterkolonnen räumten den Schlamm beiseite. Dabei stellte es sich heraus, daß diese Straße bereits früher einmal gepflastert gewesen war.

Desgleichen beruhen Verfassung und Gesetze des Landes auf althergebrachter Überlieferung. Diese wiederum stützt sich auf zwei Säulen, welche das Brauchtum aus der Urzeit in die Gegenwart tragen, nämlich: die Gelassenheit der Seele und den Bakschisch.

Was die Gelassenheit der Seele sei, läßt sich nicht mit zwei Worten sagen. Sie ist das Geheimnis im Charakter der wahren Maghrebinier, der Ausweis der Bürgerschaft des Landes, und wir werden, soviel wir auch von Maghrebinien berichten, immer nur von ihr zu handeln haben. Bakschisch dagegen ist Trinkgeld oder, wenn Sie wollen, Bestechungsgeld und Judaslohn. Aber zugleich ist er das Öl im Räderwerk des Lebens, die Schmierung menschlicher Verstrickungen und

Bindungen, der Schlüssel zum Herzen des Nächsten und zu den Pforten des Himmels obendrein.

Hervorzuheben sind ferner die maghrebinischen Erzähler. Sie sitzen an allen Straßenecken, soviel es deren in allen Städten und über alle Landschaft Maghrebiniens geben mag, und erzählen Geschichten –: zur weisen Belehrung derer, die da Ohren haben, zu hören, und zur Erquickung und Lust des eigenen Gemüts. Und recht eigentlich, verstehen Sie, recht eigentlich besteht das große und ruhmreiche Land Maghrebinien nur aus Geschichten, es ist vom einen bis zum andern Ende daraus gemacht. Und wollte einer eine Geschichte nach Maghrebinien bringen, so hieße das, er versuchte, Eulen nach Athen zu tragen; oder Samoware nach Tula; oder Rosen in die Tale von Kirtschalij; oder Schafkäse zum Berge Penteleo; oder Juden nach Sadagura; oder Läuse auf das Haupt des maghrebinischen Patriarchen.

Was übrigens diesen heiligen Mann, nämlich den Patriarchen von Metropolsk, betrifft, so berichtet man, daß er einmal, anläßlich der feierlichen Öffnung und Besichtigung der Schatzkammer der Kathedrale von Metropolsk (eine Zeremonie, welche alljährlich im Beisein des Königs und stets mit großem Gepränge vorgenommen wurde, um dem Volk Gelegenheit zu geben, sich von der Ehrlichkeit der Priesterschaft zu überzeugen), daß dabei, so berichtet man, der Patriarch beinah in äußerste Verlegenheit gekommen wäre:

der goldene Schlüssel zu dieser Kammer nämlich fehlte. Die Vorsehung jedoch bewahrte den Kirchenfürsten vor öffentlicher Schande: der Monarch, seine Majestät König Nikifor XIV., aus dem Hause der Karakriminalowitsch, hatte einen Dietrich bei sich.

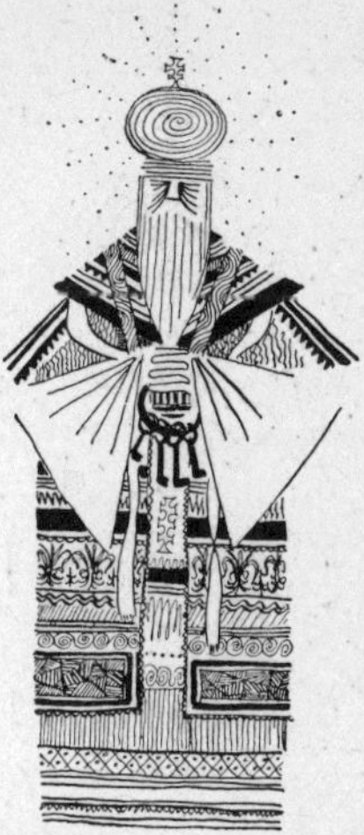

II. KAPITEL – BETREFFEND DIE GENAUEN GRENZEN DES LANDES MAGHREBINIEN.

Um die Grenzen Maghrebiniens im Herzen und in der Seele seiner Bewohner abzustekken, erzählt man sich zahllose Geschichten, vor allem eine:

Ein Jude, ein Zigeuner und ein Maghrebinier kamen einmal in eine Kirche. Vor der Ikonostasis (das ist: die Bilderwand, die das Allerheiligste vom Laienraum trennt) stand ein wundervolles Kreuz von lauterem Golde, über und über mit taubeneigroßen Edelsteinen besetzt. Als die drei die Kirche wiederum verlassen hatten und

eine Weile schweigsam nebeneinander hergegangen waren, sagte der Jude: «Gojim nachetz! (Das will heißen: O hinfällige Sorgen der Christen!) Etwas ein weniger ein teures Kreuz möcht es nebbich auch tun für die prosten Bauern. Gott soll schützen! Wenn man nicht wäre ein gottesfürchtiger Mensch, man hätt es können stehlen.» Darauf lächelte der Zigeuner und sagte leise: «Hat ihm schon.» Der Maghrebinier aber ging stumm beiseite und dachte bei sich: «Du – hast ihm gehabt.»

Jedoch sind mit dieser Geschichte die Grenzen Maghrebiniens im Herzen und in der Seele seiner Bewohner noch nicht gründlich abgesteckt.

Ich will Ihnen drei andere erzählen:

Ein Kaufmann in Maghrebinien besaß zur Lust und Labe seines Alters einen wundervollen Rosengarten und einen Diener, ihn zu pflegen. Als er sich einmal in der kühlen Abendstunde in diesem Garten ergehen wollte, kam sein Diener atemlos gelaufen, warf sich zu seinen Füßen und flehte: «Herr, gib mir dein schnellstes Pferd, daß ich nach Samarkand entfliehen kann. In deinem Garten ist der Tod, und ich weiß, er ist gekommen, um mich zu holen.» Der Kaufmann, der seinen Diener liebte, gab ihm sein schnellstes Pferd und einen Beutel Gold, und nachdem der Diener sich unter Dank und Segenswünschen davongemacht hatte, ging er zurück in seinen Garten. Dort traf er einen Jüngling von hohem Ernst und großer Schönheit an. «Guten Abend», sagte der Kaufmann. «Du bist der Tod? Bist du in Geschäften zu mir gekommen?» – «Nein», erwiderte der Tod, «ich verweile hier, mit deiner gütigen Erlaubnis, und erfreue mich an der Schönheit dieser Blumen. Ich bin auf Reisen, aber ich habe keine sonderliche Eile. Morgen erst muß ich in Samarkand sein, um dort deinen Diener zu treffen.»

Die zweite der Geschichten:

In Maghrebinien gab es vor Zeiten einen Ikonen-Maler, der noch die hohe Kunst beherrschte, die Heiligen so darzustellen, wie es Vorschrift war von altersher. Zu ihm kam der Abgesandte des Archimandriten, der Kaluger (das ist: der Mönch) Simeon, und überbrachte ihm den Auftrag, einen Ikon zu malen, kostbar in Gold, Purpur und Karmesin und darstellend den heiligen Miron von Schrepkoutz im Kampf gegen die Plage des Ungeziefers. Der Ikonen-Maler nahm den Auftrag an, forderte eine ungeheure Summe im voraus, erhielt sie und ließ nichts mehr von sich hören. Nach zwanzig Wochen machte sich der Mönch Simeon im Auftrag des Archimandriten auf zu ihm hin, um zu erfahren, ob das Weihbild fertig wäre. Er fand den Ikonen-Maler inmitten der wilden Schar seiner Freunde besinnungslos betrunken vor, und einige der Gäste begannen bereits aufzubrechen, denn der letzte Para (das ist: eine maghrebinische Scheidemünze) war versoffen. (Mit Recht warnt das Sprichwort vor dem Verschwender: mit seinem Vermögen vergeudet er die Liebe seiner Nächsten.) Simeon aber, der Kaluger, wartete, bis alle sich entfernt hatten und der Ikonen-Maler wiederum zu sich gekommen war. Dann stellte er ihn zur Rede.

«Weißt du», sagte der Ikonen-Maler, aus der Tiefe seines Rausches zum Bewußtsein aufsteigend wie der Schwammtaucher zum Meeresspiegel, «weißt du denn, Mönch, was es heißt, ein Bild zu malen? Zwanzig Wochen lang habe ich von dem Gelde, das du mir gegeben hast, gesoffen und im Höllenpfuhl des Lasters und der Völlerei gelegen. Nun werde ich zwanzig Wochen lang fasten und mich läutern. Und wenn Gott mir gnädig war und ich mich geläutert habe, dann werde ich in den Wald gehen. Und so lange und so tief werde ich gehen, bis unter all den Bäumen des Waldes einer mich ruft. Und diesen Baum werde ich fällen und mir aus seinem Holz ein Brettchen schneiden. Dann erst», so sagte der Ikonen-Maler zum Mönch Simeon, «werde ich ein Brettchen haben, auf dem ich – wenn Gott mir weiter gnädig ist – werde vielleicht versuchen können, das Bild zu beginnen.»

Die dritte der Geschichten:

Zu einem Dschiabur (das ist: ein reicher und mächtiger Mann), der über Güter und Menschen gebot, drang eines Tages ein Armer vor und warf sich ihm zu Füßen. «Herr», flehte er, «ich bin arm und bresthaft. Meine Frau ist krank, und meine Kinder recken die dürren Ärmchen nach Brot. Gib mir ein Stück Silber, meine Not zu lindern.»

Der Reiche hob lässig den Fuß, trat ihm mit dem silbernen Absatz seines Pantoffels in den Steiß und rief: «Hier hast du Silber!»

Der Arme aber kam wieder. «Herr!» jammerte er, «nun ist meine Frau gestorben. Die Kinder sind vor Hunger zu schwach, sie zu beweinen. Ich selbst bin so von Kräften, daß ich mich nur mit Mühe vor dich schleppen konnte. Gib mir ein Stück Kupfer, meine Not zu lindern!»

Der Reiche griff zum Kohlenbecken, das von lauterem Kupfer war, schlug es ihm um die Ohren und sprach dazu: «Da hast du Kupfer!» Sodann befahl er seinen Dienern, den Armen über die Straße in den Graben zu werfen.

Dort lag der Arme ein paar Tage lang, und endlich kroch er wieder vor den Reichen. «Aman!» (das ist: Erbarmen) winselte er, «nun sind gewißlich auch meine Kinder allesamt gestorben. Gibst du mir jetzt nichts, so werde ich vor deinem Hause liegenbleiben, deinem Geiz zur öffentlichen Schande. Gib mir also ein Stück Brot, daß ich Kraft genug finde, mich von deiner Schwelle fortzutragen.»

Da bückte sich der Dschiabur, hob einen Stein vom Boden auf und drückte ihn dem Armen in die Hand. «Da!» sagte er, «bist du arm, so friß dieses!»

Der Arme nahm den Stein, richtete sich auf und ging. Er stellte sich vor das Haus des Reichen, wog den Stein in seiner Hand und wartete. Und er wartete bei Tag und bei Nacht, in der Hitze des Sommers und im Schnee des Winters. Er wartete und wog den Stein in seiner Hand.

Und nachdem er zehn Jahre lang so gewartet hatte, in der Hitze des Sommers und im Schnee des Winters, geschah es, daß der Reiche Macht und Gut verlor. Bestechungen und Unterschleife wurden ruchbar, und man schleifte ihn vor Gericht.

Draußen, vor dem Gerichtsgebäude, hatte sich die Menge versammelt und wartete auf die Verkündigung des Urteils. Unter ihnen aber stand an erster Stelle der Arme, seinen Stein in der Hand. Da öffneten sich die Tore des Gerichts, und der Dschiabur, der einstmals reiche und mächtige Mann, wurde herausgeführt, in Ketten, seiner Macht entkleidet. Der Arme sah ihn an und wog bedächtig den Stein in seiner Hand. Dann aber warf er ihn beiseite zum Schotter der Straße. Und als ihn seine Freunde bestürmten und ihn fragten, warum er so gehandelt habe, erwiderte er: «Ich habe diesen Stein zehn Jahre lang in meiner Hand gewogen, um ihn einem Mächtigen und Reichen ins Gesicht zu werfen. Und was ist hier herausgekommen? – ein armes Schwein.»

Soviel über die Grenzen Maghrebiniens im Herzen und in der Seele seiner Bewohner.

Was die zuletzt erzählte, nämlich die dritte der Geschichten, betrifft, so hat sich inzwischen, mit dem Umschwung Maghrebiniens vom monarchischen zum demokratischen System, das soziale Mitgefühl weit

ausgebreitet, und man berichtet von einem anderen reichen Mann, zu dem ein Armer kam, um ihm mit der Beredsamkeit des Schnorrers seine Not zu schildern –: ihn hörte der besagte Reiche mit Tränen in den Augen an, klingelte sodann nach seinem Diener: «Makar, schmeiß ihn hinaus – er bricht mir das Herz!»

Die Mönche des Landes, übrigens, pflegt man, wenn sie sich allzu zudringlich gebärden, folgendermaßen sehr wirkungsvoll zu strafen: Man bindet sie einzelweise nackt in einem Gehege fest und sperrt ein hungriges Kälbchen dazu.

III. KAPITEL – WELCHES BEHANDELT DIE HISTORIE DES SEHR GROSSEN UND RUHMREICHEN LANDES MAGHREBINIEN – INSONDERHEIT BETREFFEND JENE DES KÖNIGSHAUSES DER KARAKRIMINALOWITSCH – SO WIE SIE UNS VON DEM SCHREIBER SYPHONIUS APOLLINARIS IN SEINER CHRONIK – GENANNT DER LETOPISETZ MAMADRAKULUI – BEWAHRT UND ÜBERLIEFERT WORDEN IST.

Um das sehr große und ruhmreiche Land der Maghrebinier sowie deren eigentümlichen Charakter kennen und verstehen zu lernen, ist es vonnöten, einen Überblick über die Historie derselben und ihrer ebenso kühnen wie weit vorausschauenden Führer zu gewinnen.

Diese Historie ist uns überliefert in dem sogenannten Letopisetz Mamadrakului (letzteres ein Örtchen im Südosten des Landes) – einer Chronik, welche von einem Schreiber namens Syphonius Apollinaris im 15. Jahrhundert aufgezeichnet worden ist.

Danach heißt es:

In grauer Vorzeit, nämlich lange bevor die Missionare Methodius und Kyrill den Völkerschaften jener Länder ein X für ein U vorzumachen sich anschickten, indem sie ihnen die Advokatenkunst des Schreibens brachten – in jener Vorzeit also begann die Sippe der Karakriminalowitsch sich unter den Stammesfürsten Maghrebiniens hervorzutun. Sie herrschten damals über ein Volk von etwa dreißigtausend Seelen, rettungslos verhärtete, wie Säufer, Völler, Hurenböcke, Sodomiten, Falschmünzer und Steuerhinterzieher, bereits mit einberechnet. Es war ein Volk von Kriegern; ihre Leiber waren abgehärtet, ihre Sitten rauh.

Der Führer dieser kühnen Scharen war der Wojwode Přzibislaw, später genannt: Křziwousty (das ist: Schiefmaul), Vater des nachmaligen

Nikephor I., des Großen, aus dem erwähnten Geschlecht der Karakriminalowitsch. Er verband Kühnheit mit Geschmeidigkeit und Charakterfestigkeit mit Schläue. Zudem war er ein Mann von praktischen Gewohnheiten.

Man erfährt von ihm, daß er seine Untertanen (insonderheit auf Reisen) sowohl als Schemel wie auch als Lager zu benutzen liebte, dergestalt, daß er sie in Positionen, welche ein bequemes Sitzen oder Liegen auf ihren Leibern gestatteten, kauern, beziehungsweise hocken ließ. Da jedoch der nimmermüde Fürst diese Ruhestellungen nur einzunehmen pflegte, wenn er von weiten und erfolgreichen Beutezügen ermattet oder von dem Drang nach Kontemplation überkommen war, so war es den Schemeln oder Liegen begreiflicherweise streng verboten, unter ihm zu husten oder gar zu niesen. Die Witterungsverhältnisse aber sind in jenen Gegenden hart. So kam es, besonders in den Jahreszeiten des Überganges, also im Frühjahr oder Herbst, mehr als nur häufig vor, daß der eine oder andere der also Verwendeten der Bedrängnisse seines Schnupfens nicht Herr zu werden vermochte und sowohl das eine wie das andere gegen seinen (und des Landesherrn) Willen tat. Der Fürst wurde dabei stets jählings aufgeschreckt, wenn er nicht gar vom Rücken seines Hockers fiel, und so bestrafte man die Übeltäter für gewöhnlich mit dem Tode. Freilich war das auf die Dauer der Stärke seiner

Truppen unzuträglich, und so entschloß sich Přzibislaw in späteren Jahren, einen von seinen Höflingen als Schemel sowie einen als Liege, bereits getötet und ausgestopft, mit sich zu führen. Zu Zeiten jedoch, so berichtet der Chronist, als Přzibislaw Karakriminalowitsch noch die lebendige Sitzgelegenheit bevorzugte, namentlich in den Jahrzehnten des Überganges wie Frühling oder Herbst, häuften sich die Delinquenten so sehr, daß man (da es Sitte war, Hinrichtungen sozusagen als Zwischengänge in die Gastgelage einzuschieben) zu der Gewohnheit kam: ein Schnaps – ein Kopf. Jedoch ist die zuweilen verbreitete Ansicht, daß die Günstlinge des Wojwoden den Schemeln oder Liegen Niespulver in die Nasenlöcher streuten, um so die Zahl der Schnäpse zu erhöhen, historisch nicht belegt. Sie darf ins Reich der Fabel verwiesen werden. Tatsache jedoch ist, daß es für ziemlich galt, die Köpfung selber vorzunehmen. Von Mischa Kantakukuruz, einem der nobelsten Bojaren des Hofes, heißt es, er habe es darin zu einer solchen Fertigkeit gebracht, daß er imstande gewesen sei, einen Kopf mit einem Hiebe so glatt vom Rumpf zu trennen, daß erst ein Tritt in den Steiß des Delinquenten ihn zu Boden kullern ließ. Man berichtet ferner von einem byzantinischen Gesandten, der, vom Hausherrn aufgefordert, an dieser Unterhaltung teilzunehmen, sich so ungeschickt darin erwies, daß er zur Zielscheibe des hohnvollen Gelächters aller wurde – ein Umstand, der durch seine Folgen die Geschichte Maghrebiniens mitbestimmen sollte.

Es war nämlich, so berichtet der Chronist, jener oberwähnte Gesandte in einer besonderen Mission zu Přzibislaw entsendet worden:

Die aufblühende Macht der Karakriminalowitsch war im Palast von Blanchernae nicht unbemerkt geblieben. Es entsprach der ränkevollen Politik des hochfahrenden Byzanz, solcherart für des Reiches Wohlfahrt bedrohlich werdende Barbarenfürsten gefügig zu machen, indem man sie durch Statthaltertitel und vorteilhafte eheliche Verbindungen an sich kettete. So war der oberwähnte Ambassadeur beauftragt, dem Wojwoden Přzibislaw den Titel eines Archonten von Manipulien zu verleihen und zugleich sein Augenmerk auf die liebliche Irene, Tochter des Fanarioten Chuzpephoros Yataganides, genannt: Scheelauge, zu lenken.

Eine Verbindung der Geschlechter Karakriminalowitsch und Yataganides schien durchaus angemessen, und hätte nicht der Abgesandte des Fanarioten durch sein klägliches Versagen beim Gastmahl den Hohn der Maghrebinier auf sich gelenkt, so wäre es vermutlich niemals zu den folgenden Begebenheiten gekommen.

Přzibislaw nämlich, so berichtet der Chronist, nahm die mangelnde Übung des Gesandten für ein Zeichen der Kriegsuntüchtigkeit der Byzantiner und lachte ihrer Vormacht Hohn. Er, der Kriegsheld, der sich bereits die Völkerschaft der Petschenegen aus den Baumkronen der Wälder Transhercyniens geschüttelt und in seine Botmäßigkeit gezwungen hatte, er, der seine Füße in der Schädeldecke seines ersten Feindes zu baden pflegte, war nicht nur ein kühner, sondern auch ein schlauer Fürst. So hatte ihm sein Schatzmeister und Beuteverwalter Dragomir Kleptomanowitsch Kleptomanow (aus dem Geschlecht, das heute noch die fähigsten Minister Maghrebiniens stellt) verraten, daß Chuzpephoros Yataganides neben seinen politischen Ambitionen auch solche finanziellen Wesens hegte, insofern er nämlich tief verschuldet war. Weder gesonnen, die Pleite seines präsumtiven Schwiegervaters aufzuhalten, noch gewillt, sich durch die Winkelzüge des Scheeläugigen unter das Joch der Byzantiner zu beugen, vielmehr auf den leiblichen Besitz der ikonengleichen Irene ebensosehr wie auf eine feiste Mitgift erpicht, beschloß der vorausblickende Wojwode, zur Gegenlist zu greifen: Er willigte in eine Heirat mit Irene Yataganides, welche als Hauptfrau über seinen hundertfünfundsiebzig Nebenweibern den Harem und, gleichberechtigt mit dem Gatten, den Thron des Landes zieren sollte. Desgleichen nahm er den Titel eines Archonten von Manipulien an, jedoch unter der Bedingung vollkommener Au-

tonomie. Der Gesandte wurde reich beschenkt entlassen, nachdem man ihm – nicht ohne feinen Hohn – den erwähnten Mischa Kantakukuruz als kavaliermäßigen Hauslehrer im Köpfen mitgegeben hatte. Beide begaben sich nach Byzanz. Nach wenigen Monden bereits erwartete man in Metropolsk die Ankunft des Chuzpephoros Yataganides.

Es hatte aber, so berichtet der Chronist, der scheeläugige Fanariot Yataganides, auf Schutz bedacht, seine Waräger-Garde mit nach Metropolsk gebracht, welches damals, noch nicht die blendende Hauptstadt des Maghrebinierreichs, lediglich aus einer Ansammlung von befestigten Konaks und einigen dreckigen, um die Kathedrale Hagia Sophistia gescharten Jurten bestand. Dort verschanzte er sich alsbald in einem Palisadenlager. Přzibislaw Karakriminalowitsch seinerseits bezog mit seinen Petschenegen den wallumgürteten Konak seines Geschlechtes. Nach langwierigen Verhandlungen, die um die Höhe der Mitgift gingen (mit welcher Yataganides, in der Hoffnung auf die Möglichkeiten der Zukunft, gegen die Gepflogenheit freizügig war), legte man die Hochzeit auf die Woche des Heiligen Miron von Schrepkoutz fest.

Das Gepränge war ungeheuerlich. Allein an Knoblauch, so überliefert der Letopisetz Mamadrakului, wurden vierzehntausend Wagenladungen verzehrt, so daß schließlich, anläßlich der circensischen Spiele, welche zur Zerstreuung der Gäste abgehalten wurden, die Löwen sich weigerten, sich die Köpfe der Dompteure in die Rachen legen zu lassen, weil jene so heftig danach stanken. Bedenkt man, daß auf den Kurdjuk (das ist: der Steiß des Fettschwanzhammels) höchstens sechs bis sieben Knoblauchzehen kommen, so wird man sich eine Vorstellung vom Ausmaß der Feierlichkeiten machen. Damals geschah es, daß Godschamitu Pungaschij, der Hüne, in der Trunkenheit die vollzählige Belegschaft der Frauenzelte des Dworniks Michael Kantakukuruz (Vater des vorerwähnten Mischa) inklusive der Eunuchen schändete – ein Vorfall, der Anlaß zur Entstehung der sogenannten maghrebinischen Vendetta gab, wonach jeweils die männlichen Glieder der darin verwickelten Parteien durch wechselseitige Notzüchtigung der weiblichen ihre Rache üben.

Den Höhepunkt der Festlichkeiten, so überliefert der Letopisetz weiter, bildete die Trauung des hohen Paares durch den Archimandriten Eustachius in der Kathedrale Hagia Sophistia. Dort ereignete sich jedoch das Folgende:

Gerade als der ehrwürdige Kirchenfürst die Brautleute zusammengeben wollte und den Wojwoden Přzibislaw Karakriminalowitsch befragte, ob er gewillt sei, die Fanariotin Irene, Tochter des Chuzpephoros Yataganides, zur Frau zu nehmen, antwortete Přzibislaw zum Entsetzen aller laut und vernehmlich: «Nein!» Ein Getümmel erhob sich. Vergeblich suchten die beiden Trauzeugen, der durch das Vorangegangene gramgebeugte Dwornik Michael Kantakukuruz sowie der Doge Curzio Falsacappa, die wutschnaubenden Byzantiner zu beschwichtigen. Chuzpephoros Yataganides schwor öffentlich, den abtrünnigen Eidam, der seine Sippe so tödlich beleidigt hatte, mit dem Kopf unter den After eines magenkranken Kamels geschnallt, durch die Straßen von Metropolsk zu treiben. Schon sträubten sich die sarazenischen Schuppenpanzer der Petschenegen Přzibislaws vor Kampfeslust. Schon schnaubten die Waräger-Garden des Chuzpephoros raufwütig durch die Bernsteinpflöcke, die in ihren Nasen staken. Schon griffen die beiderseitigen Sippenangehörigen zu den Krummschwertern und luden ihre Schleudern mangels Munition (denn sie waren selbstverständlich unbewaffnet ins Gotteshaus gekommen) mit dem Schmuck der Weiber. In das schnatternde Geheul der Petschenegen mischte sich das ruppige Stakkato gotischer Kommandos der Waräger-Kohorten. Da erhob der ehrwürdi-

ge Archimandrit Eustachius die Arme und flehte zum HERRN, daß ER SEIN Haus vor Schändung bewahren möge, und siehe (so berichtet der Chronist): der HERR tat ein Wunder, und Dragomir Kleptomanowitsch Kleptomanow, der Mann der Zahlen, wurde von SEINEM Finger angerührt und rief in einer Eingebung den feindlichen Parteien zu, daß die Stärke ihrer Truppen auf den Mann die gleiche sei. Dergestalt von der Sinnlosigkeit eines Kampfes überzeugt, ließ man voneinander ab – sehr zum Glück der Maghrebinier, denn es heißt, der Fanariot Yataganides, mit vollem Recht der Scheeläugige genannt, habe für alle Fälle in der Apsis der Kathedrale eine sogenannte Phokas-Orgel (das ist: ein byzantinisches Raketengeschütz) versteckt gehalten, welche zu den Trauungszeremonien spielen zu lassen er sich unter Umständen nicht gescheut haben würde.

In der Folge, so berichtet der Chronist, verschanzten sich die Gegner Přzibislaw und Chuzpephoros in ihren Lagern. Dragomir Kleptomanowitsch aber leitete die Verhandlungen zwischen beiden. Das Ergebnis war das Folgende:

Die Partei der Yataganiden anerkannte den Willen des Bräutigams Přzibislaw Karakriminalowitsch, die Heirat mit Irene nicht zu vollziehen (obwohl er die Mitgift bereits erhalten hatte). Jedoch vereinbarte man zur Sühnung der Schmach, die der Braut sowohl wie ihrer Sippe durch diese Weigerung entstanden war, daß die Zeremonie der Trauung wiederholt und daß es nunmehr ihr, nämlich der lieblichen Irene, überlassen bleiben sollte, ihrerseits ein «Nein» zu sprechen. In der Tat, so berichtet der Chronist, wurde auch wenige Tage später die heilige Handlung wiederholt. Auf die Frage des Archimandriten antwortete Přzibislaw diesmal verabredungsgemäß mit «Ja». Jedoch zur abermaligen Bestürzung aller sagte auch Irene, gedrängt von einem Vater, dem Ehrgeiz und Geldgier höher gingen als die Ehre seiner Sippe, laut und vernehmlich «Ja!»

Přzibislaw Karakriminalowitsch, dergestalt betrogen, sann auf Rache. Wohl führte er Irene, die Ikonengleiche, heim (nicht ohne seinen Anspruch auf eine zweite Mitgift anzumelden). Jedoch ließ er noch gleichentags die Ehe für ungültig erklären und reihte die Tochter des Yataganides der Schar seiner hundertfünfundsiebzig Kebsen ein.

Chuzpephoros Yataganides versuchte zwar, mit Hilfe seiner Phokas-Orgel den Konak der Karakriminalowitsch zu nehmen, um seine Tochter zu befreien. Aber auch Přzibislaw, so berichtet der Chronist, hatte die Zeit nicht ungenutzt verstreichen lassen und sich seinerseits eine Werfergarde sogenannter Theophano-Cocktails (eine Art chemischer Handgranaten) besorgt. So verlief der Ansturm ergebnislos. Yataganides zog sich in sein Lager zurück und klagte auf Ungültigkeitserklärung beim Heiligen Synod. So kam es zu dem historischen Prozeß Yataganides versus Karakriminalowitsch, dessen Argumentationen heute noch grundlegend für die maghrebinische Rechtsauffassung sind.

Die Einbeziehung der Eunuchen in die Zyklen der sogenannten maghrebinischen Vendetta geht, wie neueste Geschichtsforschung an den Tag gebracht hat, auf ein späteres Ereignis anläßlich eines Überfalls des pungaschijschen Konaks durch Titu Kantakukuruz, den Urenkel des Mischa, zurück: Titu, der sich mit einfacher Plünderung begnügen wollte (es war ein kalter Tag), war im Begriffe abzuziehen, als sich jene – nämlich die Eunuchen – vor ihn warfen und mit hellen Stimmen riefen: «Was ist – geschändet wird nicht?»

IV. KAPITEL – WELCHES ENTHÄLT ZWEI DER GESCHICHTEN – WELCHE EINEM JUNGEN MAGHREBINIER – SEI ES VON SEINER MUTTER – SEI ES VON SEINER AMME – ZUR PRÄGUNG SEINES WESENS ÜBERLIEFERT WERDEN.

Eingeboren ist den Maghrebiniern also die höchste aller Tugenden: die Gelassenheit der Seele, und wer – wie ich – das Glück hat, ein Bürger jenes großen und sehr ruhmreichen Landes zu sein, wird eines langwierigen Studiums der verschiedenen Schulen der Philosophie entraten können, es sei denn, er benutzte sie wie eine Sammlung bunter Mützen, die er im Vertrauen auf die wollige Dichte seines Haares je nach den Launen des Wetters und seines eigenen Gemüts vertauschen oder zu Hause lassen kann, ohne dabei mehr zu gefährden als schlimmstenfalls die Wohlfahrt der Läuse auf seinem Haupt. Zwar werden in den Medressen (das sind: die Schulen des Landes) die Knaben schon frühzeitig mit der Frage nach dem Ursprung der Dinge vertraut gemacht. Der Lehrer spricht: «Liebe Schüler», so spricht der Lehrer, «morgen werden wir uns mit der Frage zu befassen haben, wer früher war: die Henne oder das Ei? Zu diesem Zwecke», so spricht der Lehrer, «wird jeder von euch Knaben mit sich bringen je nach Vermögen eine Henne oder ein Ei. Wer nicht hat eine Henne oder ein Ei, wird bringen Butter, Käse oder Honig.»

Im übrigen wachsen die Söhne Maghrebiniens unbehelligt von sophistischen Übungen heran und saugen die Weisheit aus der Luft des Landes und den Brüsten ihrer Ammen. Als ich ein Kind war, fragte ich meine Amme: «Von den zwei Monden, dem alten und dem neuen –: was geschieht mit dem, der sein letztes Viertel hinter sich hat?» Die Antwort: «Man zerbricht ihn, um Sterne daraus zu machen.»

Schicken die Mütter Maghrebiniens endlich

ein Kind zum Brunnen, um Wasser zu holen, so prügeln sie es vorher. Denn ist der Krug erst einmal zerbrochen, so helfen alle Prügel nichts.

Zu den drei Geschichten endlich, welche die Mütter und Ammen Maghrebiniens ihren Lieblingen überliefern, gehört die Frage:

«Warum sind die Feste der Leute von Tschiklükümli soviel fröhlicher als jene der Leute von Tzigara-Samurkasch?» Die Antwort: «Weil die Leute von Tschiklükümli ärmer sind.»

Die zweite ist die Geschichte der Weisheit des Großkhans:

Der Großkhan hatte befohlen, alle Bücher seines Reiches zusammenzutragen. Es waren zwanzigtausend Kamellasten. Als der Großkhan diesen ungeheuren Berg von Wälzern sah, gab er seinen Gelehrten den Auftrag, alle Weisheit, die in ihnen enthalten wäre, in einem Buche aufzuzeichnen. Die Gelehrten machten sich an die Arbeit, und eines Tages traten sie vor den Großkhan und überreichten ihm das Buch. Der Großkhan wog das Buch in seiner Hand und befahl den Gelehrten, alle Weisheit dieses Buches in einen Satz zu fassen. Die Gelehrten machten sich an die Arbeit, aber soviel sie auch von ihrer Weisheit und Gelehrsamkeit darauf verwendeten, sie mußten verzweifeln. Sie bekannten es dem Großkhan, und er ließ sie alle köpfen. Dar-

auf befahl er, in allen Provinzen, Städten, Marktflecken, Konaks und Jurten seines Landes bekanntzumachen, daß er jeden Schriftgelehrten töten lassen werde, bis nicht einer von ihnen imstande wäre, ihm den Satz zu sagen – einen Satz nämlich, der eine Weisheit enthalte, welche zu allen Zeiten und bei jeglicher Gelegenheit, in allen Umständen und Wechselfällen des Lebens die größte Einsicht und weiseste Tröstung enthalte. Jahre vergingen, und die Schriftgelehrten starben unter den Schwertern der Henker wie die Stallfliegen bei Frost. Davon hörte ein Asket, der in der Einsamkeit auf einer Säule lebte, und er stieg nieder von seiner Säule und begab sich vor den Herrn der Erde.

«Weißt du den Satz», so fragte ihn der Großkhan, «in dem alle Weisheit dieser Erde enthalten ist, so daß sie bei jeglicher Gelegenheit und immer, unter allen Umständen und Wechselfällen des Lebens die tiefste Einsicht und tröstlichste der Tröstungen ist?»

«Ich weiß ihn», erwiderte der Asket.

«So sage ihn!» befahl der Großkhan.

Darauf antwortete der Asket: «Auch dieses wird vergehen.»

Die dritte ist die Geschichte von der Geburt der Geige.

V. KAPITEL – WELCHES ENTHÄLT DIE GESCHICHTE VON DER GEBURT DER GEIGE.

Dieserart war die Geburt der Geige: Ein König hatte drei Söhne: der erste war stolz, der zweite war kühn, der dritte aber war schön.

Als sie herangewachsen waren, zogen sie in die Welt, um ein Handwerk zu erlernen. Der erste kam an den Hof des Großkhans, des Königs der Könige, und nachdem er sieben Jahre im Schatten seines Thrones hingebracht hatte – schnell ist ein Märchen erzählt, aber lange dauert es, bis es geschieht –, da war er erfahren in aller Weisheit und Würde des Herrschens wie kein anderer. Und er kehrte heim und übernahm Thron und Szepter seines Vaters und herrschte über sein Volk bis an seines Lebens Ende.

Der zweite gelangte zu den Kriegern. Und er lernte die Härten des Lagers und das Getümmel der Schlachten ertragen und stärkte seinen Arm und Blick. Und als er ausgelernt hatte, setzte er sich an die Spitze der Truppen und wurde ein Held und Eroberer, wie es seinesgleichen nicht mehr gegeben hat.

Ihrer beider Namen aber sind vergessen.

Der dritte endlich zog durch die Welt und fand keinen Aufenthalt, denn er war ungenügsam von Wesen. Einmal aber gelangte er zu einem Asketen, der in der Wüste auf einer Säule lebte, und er blieb bei ihm und diente ihm sieben Jahre lang. Und nachdem er ihm sieben Jahre lang gedient hatte, wanderte er weiter. Aber er hatte die Kunst erlernt, sich zu verwandeln in jegliche Gestalt.

So ritt er einmal über Land, als er einen

Hirsch gewahrte, der vor ihm flüchtete. Von Jagdlust gepackt, setzte er ihm nach. Aber der Hirsch war schneller als sein schnelles Pferd, und fast hätte er ihn aus dem Blick verloren. Da erkannte er, daß es kein gewöhnlicher Hirsch war, den er verfolgte, und rasch verwandelte er sich in einen Geparden und flog in weiten Sprüngen hinter ihm her, bis er ihn erreichte und mit einem Satz in seinem Nacken saß. Kaum aber hatte er ihn gepackt, so verwandelte sich der Hirsch in einen Stichling und schnellte sich in das Wasser des nahen Flusses. Der Königssohn aber verwandelte sich in einen Hecht und hatte ihn bald gefaßt. Da verwandelte sich der Stichling in eine Taube, schwang sich von den Wellen des Flusses hoch und entflog mit klatschenden Schwingenschlägen. Der Königssohn aber verwandelte sich in einen Falken und war bald über ihr, stieß zu und hatte sie geschlagen. Die Taube aber verwandelte sich in ein Haar, der Königssohn aber in ein Messer: so spaltete er das Haar. Und als er es gespalten hatte, da verstand er mit einem Male die Sprache aller Dinge.

So zog er weiter, und die Dinge redeten zu ihm ein jegliches in seiner Sprache und priesen die Schönheit der Schöpfung GOTTES. Da begann der Königssohn zu singen von der Schönheit der Schöpfung GOTTES. Dann aber hörte er, wie die Dinge sprachen vom Leid der Welt, und er verstummte.

Und er blieb in der Einsamkeit, bis er alt und müde wurde. Als er aber spürte, daß er sterben sollte, verfertigte er ein Kästchen aus Holz, und er weinte darüber alle Tränen der Welt und lachte hinein alle Lust und Freude der Welt. Dann zog er vier Haare aus seinem Bart, das eine mit der Stimme der Lerche am frühen Morgen, das andere mit der Stimme der Hummel im hohen Sommer; eines mit der Stimme des singenden Knaben und eines mit der Stimme des stolzen Hahnes. Sie spannte er über das Kästchen und verschloß es so. Dann starb er in der Einsamkeit.

Erst viele hundert Jahre später schoß ein Zigeuner seinen Bogen ab, und der Pfeil flog weithin und blieb in der Erde stecken. Und als er hinging, ihn zu holen, fand er daneben das Kästchen mit den vier Haaren. Er verwunderte sich darüber und strich mit der Sehne seines Bogens prüfend über die Haare hin. Da ertönten die Stimmen der Haare und sangen von allem Leid und von aller Freude und Lust der Welt.

Der Zigeuner aber nahm das Kästchen mit sich. So wurde die Geige.

VI. Kapitel, welches – in Fortführung des vorigen – handelt von den Grundlagen der Bildung eines jungen Maghrebiniers.

Nicht nur die Mütter und Ammen indessen sind um die Erziehung eines jungen Maghrebiniers bemüht. Zu den grundlegenden Erfahrungen, die man der prägsamen Seele des Kindes vermittelt, gehört es, daß der Vater den Sprößling hoch auf eine Leiter stellt. «Springe herab, mein Augenlicht», so schmeichelt der Vater, «springe: dein Väterchen fängt dich in seinen starken Armen auf.» Naturgemäß wird der Knabe eine gewisse Scheu zu springen verraten. «Spring», schmeichelt der Vater weiter, «ist es nicht dein Väterchen, das hier steht? Wird Väterchen sein Herzblatt fallen lassen?» Der Knabe, durch die Zärtlichkeit des Tons bestochen, springt. Der Vater tritt einen Schritt zurück und spricht: «Siehst du», so spricht der Vater: «Niemals sollst du einem Menschen trauen – nicht einmal deinem eigenen Vater.»

Um jedoch die zarten Seelen der heransprossenden Maghrebinier nicht frühzeitig durch die Bekanntschaft mit so gründlichen Lebenswahrheiten zu verhärten, richtet man in meiner Heimat sein Augenmerk darauf, daß Musik und Poesie erhebend in sie einströmen: Inhaltsreicher und erkenntnistiefer als diejenigen anderer Nationen sind schon die Kinderstubenreime Maghrebiniens, so daß sich bereits mit den ersten Spielen, dem ersten Löffel Brei das Herz der Kleinen zu delikateren Empfindungen öffnet. Einer dieser Kinderreime, zum Beispiel, lautet:

An der Straßenecke
Armes Mädchen werkelt *(das heißt: sie dreht den Leierkasten)*
Frierend sitzt sie.
Jantschi führt sie aus auf Perkölt *(das ist: eine magyarische Speise)*
Zahlt dem Nachtmahl
Und benützt sie.

Der Reim wird zum Abzählen gesungen und heißt: «Wohltun trägt Zinsen.»

VII. KAPITEL – WELCHES ENTHÄLT DIE FORTFÜHRUNG DER BILDUNG EINES JUNGEN MAGHREBINIERS – WIE SIE DEM ERZÄHLER DURCH SEINEN ONKEL – EINEN BOJAREN AUS DEM GESCHLECHT DER KANTAKUKURUZ – ZUTEIL GEWORDEN IST.

Nicht nur die Väter indessen, sondern auch männliche Anverwandte bekümmern sich um die Erziehung eines jungen Maghrebiniers. Die Vollendung meiner Bildung, zum Beispiel, als ein Sohn meines großen und sehr ruhmreichen Landes, wurde mir durch meinen Onkel, einen Bojaren aus dem Geschlecht der Kantakukuruz, zuteil. Es gilt dieses Geschlecht, wie uns bereits bekannt ist, unter den Häusern der Bojaren Maghrebiniens als das edelste und teilt sich höchstens mit den ihm eng versippten Pungaschij in Ehre, Macht und Reichtum. Jedoch dünken sich die Kantakukuruz, wie wir gleichfalls erfahren haben, vornehmer und älter als die Pungaschij, und als anläßlich des Janitscharenaufstands gegen den Monarchen Nikifor XIV. (den letzten aus der Dynastie der Karakriminalowitsch) ein Kantakukuruz als Rädelsführer vor den Polizeimeister (damals ein Mitglied des Hauses Pungaschij) gebracht wurde, rief der Minister voll schmerzlicher Entrüstung aus: «Kantakukuruz! Vous, mon Cousin – un traître?!» Worauf Kantakukuruz voll Stolz erwiderte: «Traître – peut-être; cousin – jamais!»

Auch prahlten zwei Leibeigene dieser beiden Häuser einmal voreinander mit dem Reichtum ihrer beiden Herren. «Mein Herr Pungaschij», so sagte der eine, «er ist so reich: er hat fünfzigtausend Schafe. Jedes Schaf gibt Milch, Käse, Fleisch und Wolle. Er ist so reich: er braucht es nicht. Schüttet weg.»

Darauf entgegnete der andere: «Mein Herr Kantakukuruz», so entgegnete er, «er ist noch reicher. Er hat fünfzigtausend Bienenstöcke. In jedem Stock sind fünfzigtausend Bienen. Aber Bienen sind nicht so klein wie Bienen: wie Bohnen. Bienen sind so groß: wie Faust.»

«Brüderchen», sagte der von Pungaschij ungläubig: «wie, willst du, soll ich das verstehen? Wie kommt Biene, so groß wie Faust, in kleine, kleine Flugloch von Bienenstock hinein?»

«Quietscht ein bißchen», antwortete der von Kantakukuruz, «quietscht, aber geht.»

Von diesem Geschlechte also war mein Onkel (ich stamme mütterlicherseits von den Kantakukuruz), der sich liebevoll um meine Bildung bemühte. Anstatt mich jedoch auf eine der zahlreichen Anstalten des Landes zu schicken, nahm er mich in den Hamam (das ist: das Schweißbad der Männer) mit. «Denn», so sagte mein Onkel Kantakukuruz, «was nützt alle Wissenschaft den höheren Zielen des Menschen? Als ich ein Knabe war», so sagte er, «brachen westlerische Neuerungen in Maghrebinien ein. Der Monarch Nikifor XIII., kein bedenkenloser Fortschrittler zwar, wie du weißt, aber auf das Wohl der Nation bedacht, erließ strengste Anordnung, in den Medressen die Zöglinge schon im zartesten Alter in Alphabet und Einmaleins sowie in der Geographie und nicht zuletzt in der Geschichte unseres großen und sehr ruhmreichen Landes zu unterweisen. Staatliche Organe übten eine strenge Kontrolle über die Pflichterfüllung der Lehrpersonen aus. So sagte der Lehrer der Anstalt, in welcher ich mit einigen anderen Sprößlingen des Adels – der Blüte der Nation – erzogen wurde, eines Tages zu uns: ‹Morgen›, so sagte er, ‹morgen, ihr Bojarensöhne, werden wir hohen Besuch zu erwarten haben. Angekündigt nämlich›, so sagte er, ‹ist der hohe Herr Kaimakam (das ist: der Statthalter), zu überprüfen die Fortschritte des Unterrichts sowie die Kenntnisse der Zöglinge, insonderheit betreffend die glorreiche Geschichte unseres Herrscherhauses, der erlauchten Dynastie der Karakriminalowitsch. Zu diesem Anlaß›, so sagte der Lehrer, ‹werdet ihr Söhne des Adels – die Blüte der Nation – euch bestens vorbereiten auf alle möglichen Fragen, vor allem und ganz besonders auf die

eine: *Wann* hat gelebt der Wojwode Přzibislaw Křziwousty (das ist: Schiefmaul) Karakriminalowitsch und *wo*?› Am nächsten Tage», so erzählte mein Onkel Kantakukuruz, «erschien tatsächlich der Kaimakam, ein hoher Herr mit strengem Gesicht. Der Lehrer begrüßte ihn unterwürfig, versicherte ihn der kühnsten Fortschritte des Unterrichts sowie der Kenntnisse der Zöglinge und sagte: ‹Um zu beweisen Euer Exzellenz›, so sagte der Lehrer, ‹die Fähigkeiten der Knaben, insonderheit betreffend die glorreiche Geschichte unseres Herrscherhauses, werde ich jetzt die Frage stellen: *Wann* hat gelebt der Wojwode Přzibislaw Křziwousty (das ist: Schiefmaul) Karakriminalowitsch und *wo*? Sage du mir, Bojarensohn Futumides Trandafir›, so sprach der Lehrer und wandte sich mit süßem Lächeln an einen meiner Kameraden, ‹*wann* hat gelebt der besagte Wojwode und *wo*?›

Futumides Trandafir», so berichtete mein Onkel, «erhob sich, blickte den Lehrer an, sodann den hohen Herrn Kaimakam, kratzte sich am Kopfe und blieb stumm. ‹Futumides Trandafir›, schmeichelte der Lehrer, ‹stets doch bist du unter deinesgleichen der Eifrigste. Sage mir darum, ich bitte dich: *wann* hat gelebt der Wojwode Přzibislaw Křziwousty (das ist: Schiefmaul) Karakriminalowitsch und *wo*?›

Futumides Trandafir», so berichtete mein Onkel weiter, «blickte den Lehrer an, sodann den hohen Herrn Kaimakam, kratzte sich an einer andern Stelle des Kopfes und blieb stumm.

‹Euer Exzellenz›, beteuerte der Lehrer, ‹die Knaben sind befangen. Der unerwartet hohe Besuch verschüchtert sie, die zarten Seelchen. Amfiteatrow!› so sagte der Lehrer und deutete frisch auf einen anderen meiner Kameraden, ‹immer bist doch du den Genossen an keckem Mut voran. Überwinde du die Scheu vor seiner Exzellenz, dem hohen Herrn Kaimakam, und sage du mir flugs und forsch: *Wann* hat gelebt der Wojwode Přzibislaw Křziwousty (das ist: Schiefmaul) Karakriminalowitsch und *wo*?›

Amfiteatrow», so fuhr mein Onkel fort, «erhob sich, blickte den Lehrer an, sodann den hohen Herrn Kaimakam, kicherte errötend und blieb stumm. ‹Eijeijeijeijei!› krümmte sich der Lehrer und rieb verhängnisvoll die Hände, ‹solltet ihr Knaben gerade heute, anläßlich des hohen Besuches Seiner Exzellenz, des gütigen Herrn Kaimakams, etwa ungenügend vorbereitet sein? Siktirbey!› so rief der Lehrer und deutete damit auf einen weiteren meiner Kameraden, ‹niemals noch hat unter den Genossen dein Pflichtgefühl versagt. Beschäme darum du sie allesamt und sage du mir. *Wann* hat gelebt der Wojwode Přzibislaw Křziwousty (das ist: Schiefmaul) Karakriminalowitsch und *wo*?›

«Siktirbey», so fuhr mein Onkel fort, «erhob sich, blickte den Lehrer an, sodann den hohen

Herrn Kaimakam, tat einen tiefen Schluck aus seiner Nase und blieb stumm. In diesem Augenblick aber meldete sich im Hintergrund der Klasse der Schüler Rochlitzer. ‹Rochlitzer!› jauchzte der Lehrer, ‹an Witz und Findigkeit warst unter den Genossen stets du der Erste. Sage du mir unverzüglich: *Wann* hat gelebt der Wojwode Přzibislaw Křziwousty (das ist: Schiefmaul) Karakriminalowitsch – und *wo*?›

‹Wann hat gelebt der Wojwode Přzibislaw Křziwousty (das ist: Schiefmaul) Karakriminalowitsch und wo›, so sagte der Knabe Rochlitzer, ‹bitte schön, Herr Lehrer, ich weiß nicht. Aber der Pungaschij hier neben mir – er stinkt, es ist nicht zum Aushalten.›

Aus diesem Grunde», so schloß mein Onkel Kantakukuruz seine Erzählung, «nehme ich dich, anstatt dich mit nutzloser Wissenschaft zu beladen, lieber in den Hamam (das ist: das Schweißbad der Männer) mit. Denn du weißt», so fügte mein Onkel Kantakukuruz hinzu: «unter den edlen Bojarengeschlechtern unseres Landes kommt nach uns kaum eines an das Haus Pungaschij heran – es sei denn, mit einigem Abstand, das der Siktirbey.»

In der Tat sollte auch alsbald jene segensreiche und erzieherische Einrichtung des maghrebinischen Lebens (gemeint ist: der Hamam) für mich zum Schauplatz vielfältiger Erfahrung werden, unter anderem der des klugen und gerechten Umgangs mit Bediensteten. Als ich nämlich einmal meinen Onkel Kantakukuruz auf einer Reise in eine Stadt begleitete, in welcher er sich aus gewissen Gründen inkognito aufzuhalten wünschte (ein mißliebiger Staatsanwalt war noch nicht amtsenthoben), besuchten wir auch den dortigen Hamam. Der Badediener behandelte uns äußerst negligeant. Mein Onkel Kantakukuruz belohnte ihn darauf zum Abschied mit einem fürstlichen Bakschisch von fünfzig Lewonzen. Am nächsten Tage konnte sich der gute Mann vor Dienstbeflissenheit nicht einen Augenblick lang ruhig halten. Als wir das Bad verließen, gab ihm mein Onkel zwei Ohrfeigen und einen Tritt. «Wie!» heulte der Diener auf: «Als ich Euch gestern wie Landstreicher behandelte, habt Ihr mich reich belohnt, und heute, wo ich Euch diene wie Kaimakamen, prügelt Ihr mich, Herr?» «Dieses», so sprach mein Onkel Kantakukuruz und versetzte ihm einen zweiten Tritt, «ist die Belohnung für gestern. Gestern habe ich dich für die gute Behandlung von heute belohnt.»

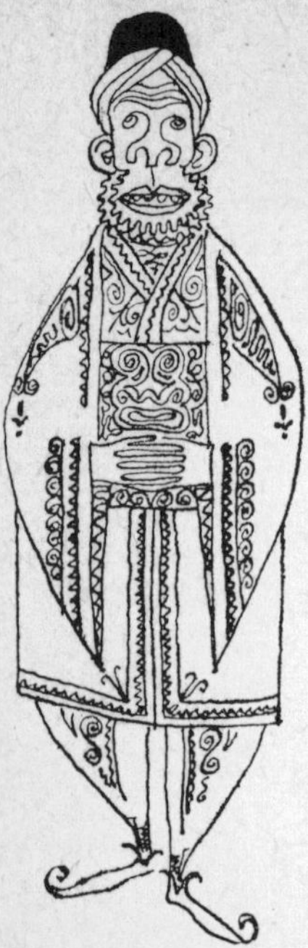

VIII. KAPITEL –

WELCHES – IN FORTFÜHRUNG DES VORIGEN – NÄHER BEHANDELT DIE SEGENSREICHE EINRICHTUNG DES HAMAM [DAS IST: DAS SCHWEISSBAD DER MÄNNER] UND FERNERHIN BERICHTET VON DEN WEISEN LEUTEN MAGHREBINIENS – INSONDERHEIT BETREFFEND DEN ÜBER ALLE WELT BERÜHMTEN HODSCHA NASSR-ED-DIN EFFENDI – DESGLEICHEN ENTHALTEND EINE FUSSNOTE ÜBER EINE BELEHRUNG – WELCHE DEM ERZÄHLER DURCH DIESEN WEISEN MANN ZUTEIL GEWORDEN IST.

Der Hamam – das ist: das Schweißbad der Männer – ist in der Tat geeignet, die Bildung eines jungen Menschen zu vollenden, denn es ist der Ort, an dem sich die gereiften Männer des sehr großen und ruhmreichen Landes Maghrebinien zu versammeln pflegen, um ihren Tag in Müßiggang und Kontemplation, beim Genuß von Mokka, Schorbet und des Rauchs der Nargilehs (das sind: die rosenquarzgeschmückten Wasserpfeifen) sowie unterhalten vom Bauchtanz der Dienerinnen und dem beseligenden Gesang Verschnittener hinzubringen –: kein Wunder, daß ihre Weisheit und Würde größer ist als die der hastigen Abendländer.

Zu den würdevollsten aber und weisesten Männer Maghrebiniens zählt man den über alle Welt berühmten Hodscha Nassr-ed-Din Effendi sowie den hochgelehrten Wunderrabbi von Sadagura, Rabbi Schalom Mardochaj.

Der besagte Hodscha Nassr-ed-Din hatte die Arme des Müßigganges über der Brust der Entsagung gefaltet, lebte in edler Armut und verabscheute die Arbeit. Fragte man ihn: «Wie geht es dir, Nassr-ed-Din Effendi?», so gab er zur Antwort: «Ausgezeichnet. Ich habe mein Vermögen in Getreide angelegt. Das Getreide steckt in Mehl; das Mehl in Brot; und was ich an Brot besitze, steckt alles in meinem Bauch.»

Einmal aber, so erzählt man sich, als die Not im Lande so groß geworden war, daß niemand dem weisen Hodscha mehr etwas gab, lief er zum Gospodar (das ist: der Vertreter des Königs) und drohte: «Herr! Gib mir einen Beutel Gold, sonst werde ich tun, was ich noch nie getan habe!»

Der großmütige Gospodar – damals ein Mitglied des Hauses Kantakukuruz –, erschrocken über diese Drohung, ließ ihm das Geforderte übergeben.

«Wahrlich!» sprach der Hodscha, «hättest du mich nicht gehört, o Verwalter des Königs über seine Lande, ich hätte tatsächlich arbeiten müssen.»

Aber die Empörung des unverständigen Volkes richtete sich gegen den Hodscha, und sie bedrängten ihn und sprachen: «Schämst du dich nicht», so sprachen sie, «du, Hoscha Nassr-ed-Din, berühmt über alle Welt und ein Weiser unseres Landes, schämst du dich nicht, daß du in Schmutz und Armut lebst und die zehn Finger deiner Hände zu nichts anderem benutzest, als sie in den Pilaw anderer Leute zu stecken und voll zu deinem Mund zurückzuführen? Warum», so sprachen sie, «willst du nicht sein wie unsereiner und redlich von deiner Arbeit leben?»

Da ging der Hodscha hin und fing sich einen Reiher, einen schönen Vogel, mit Schwingen, die ihn hoch in den Himmel zu tragen vermochten, und einem langen Schnabel, dem Schrecken der Vögel, und mit zwei Lilienstengeln von Beinen.

Mit ihm, so erzählt man, stieg er auf das Dach seines Hauses, schnitt ihm mit einem Messer die Federn der Flügel, den Schnabel und die Beine ab und stieß ihn verstümmelt über den Rand des Daches. Dazu rief er: «Fliege! So fliege doch!»

Und als die Menge schrie: «Was tust du, Grausamer!» antwortete er: «Seht den stolzen Reiher mit seinem wehrhaften Schnabel, mit seinen hohen Stelzen und breiten Schwingen! Mußte er die andern Vögel nicht erbittern, da er so anders war als sie alle? Wohlan!» so sagte der Hodscha, «ich habe ihn ihnen gleich gemacht –: und nun will er nicht fliegen.»

Man berichtet auch vom Hodscha Nassr-ed-Din Effendi, daß er, ein Moslîm, es liebte, auf die Kanzel der Moschee zu steigen und dem Volk zu predigen. So tat er eines Tages wieder. In der Meinung, daß er ein Schriftgelehrter wäre, richtete ein Fremder eine Frage an ihn. Der Hodscha wußte sie nicht zu beantworten.

«Wenn du nichts weißt», so rief ihm der Fremde zu, «warum bist du dann so hoch hinaufgestiegen?»

«Ich bin so hoch hinaufgestiegen», antwortete der Hodscha, «nach dem Maß dessen, was ich weiß. Sollte ich hinaufsteigen nach dem Maß dessen, was ich nicht weiß, so würde ich vom Himmel zu dir sprechen.»

Zu meiner Zeit betätigte sich der Hodscha, damals schon in hohen Jahren, als Arzt. Der Ruhm seiner Erfolge in der Heilkunst wurde bald so groß, daß er Neider fand, die auf ein Mittel sannen, ihn bloßzustellen. So kam eines Tages ein Mann zu ihm, ein reicher Getreidehändler aus Tzigara-Samurkasch, der also sprach: «Heile mich, Hodscha», sprach der hinterlistige Mann, «und ich will dich reich belohnen, daß du ohne Sorge bist bis an ein Lebensende.»

«Welches ist dein Leiden?» fragte Nassr-ed-Din Effendi.

«Mein Leiden», so erwiderte der Mann voll Tücke, «ist zweierlei: Ich kann erstens nicht sagen die Wahrheit, Hodscha, und das schmerzt mein Gemüt. Ich kann zweitens nicht schmecken mit der Zunge und habe keinen Geschmack in meinem Munde.»

«Der Fall», so entgegnete der Hodscha, «ist schwierig. Ich muß darüber nachdenken. Wenn aber Allah will, so wird er helfen. Komm morgen wieder.»

Als der Patient am nächsten Tage wiederkam, gab ihm Hodscha eine Pille. «Nimm sie», so sagte er, «und zerbeiße sie in deinem Munde.»

Kaum aber hatte der Mann die Pille in seinem Mund zerbissen, so heulte er auf, spuckte auf die Straße und rief: «Elender! Das ist nichts weiter als Scheiße!»

«In der Tat», erwiderte der Hodscha, «so ist es. Du aber hast nicht nur den rechten Geschmack auf deiner Zunge wiedergewonnen, du hast auch die Wahrheit gesprochen. Gib mir meine Belohnung, denn du bist geheilt.»

Trotz dieser großen Erfolge in der Heilkunst entsagte der Hodscha in späteren Jahren jeglicher weiteren Beschäftigung; es sei denn, daß er sich hie und da kaufmännisch betätigte. So saß er eines Tages auf dem Markte von Metropolsk und betrachtete das bunte Treiben der Menge. Dazu kaute er an einigen Fischaugen. Dieses sah ein Mensch, der neugierig und zugleich neidisch auf des Hodschas Weisheit war, und näherte sich ihm. «Was kaust du da, Hodscha?» fragte er begierig.

«Fischaugen», erwiderte der Hodscha.

«Fischaugen?» sagte der Mann entfacht, «wozu sind die gut?»

«Hast du nicht gehört, daß Fischaugen weise machen?» fragte der Hodscha entgegen.

«Gib mir welche!» sagte der Mann.

«Sie sind nicht billig», erwiderte der Hodscha. «Zwei Lewonzen das Stück. Aber dafür, daß sie weise machen, sind sie ein Kilipir.» (Das ist: was die Juden eine Mezije nennen, nämlich: ein unerwartet vorteilhafter Kauf.)

«Gib mir ein halbes Dutzend», sagte der Mann und drückte ihm hastig zwölf Lewonzen in die Hand. Darauf ließ er sich neben dem Hodscha nieder und kaute gleich ihm.

Plötzlich jedoch rief er: «Hodscha, du Betrüger! Du nimmst mir zwölf Lewonzen für diese

Fischaugen hier ab, während die Händler dort einen ganzen Fisch für wenige Parale verkaufen?!» «Siehst du», so entgegnete der Hodscha, «sie wirken bereits.»

Der zweite der weisen Männer Maghrebiniens aber ist der Wunderrabbi von Sadagura, Rabbi Schalom Mardochaj.

Es darf nicht übergangen werden, daß ich selbst einmal die Ehre hatte, einer Belehrung durch den oberwähnten weisen Hodscha Nassr-ed-Din Effendi teilhaftig zu werden, die meine Bildung zum Maghrebinier wesentlich bereicherte. Es wandte sich nämlich eines Tages, als mich mein Onkel Kantakukuruz mit sich in den Hamam genommen hatte, der Hodscha, liebevoll, wie es sich für einen Weisen gegen ein Kind geziemt, zu mir und fragte mich: «Sage mir, mein Sohn: Darf man stehlen?» «Nein», antwortete ich, so wie ich unterwiesen war. «Ich aber werde dir beweisen», sagte der Hodscha mit Milde, «daß ich es darf. Beantworte wir zwei Fragen: Darfst du in meine Tasche greifen?» «Nein», antwortete ich, so wie ich unterwiesen worden war. «Gut», sagte der Hodscha. «Aber darf ich in meine Tasche greifen?» «Ja», erwiderte ich, meiner Überzeugung gemäß. «Schön», sagte darauf der Hodscha, «wenn du, der du in deine Tasche greifen darfst, nicht greifen darfst in meine – um wieviel mehr darf ich, der ich in meine Tasche greifen darf, in deine greifen!» Mit diesen Worten griff er in meine Tasche und entnahm ihr den Gologan, den mir mein Onkel kurz zuvor als Taschengeld geschenkt hatte.

Während der Drucklegung des vorliegenden Berichts über die großen Männer meiner Heimat erreichte mich die schmerzliche Nachricht, daß auch dieser unvergleichlich lebensweise und zutiefst gottesfürchtige Mann, nämlich der Hodscha Nassr-ed-Din Effendi, gleichwie der unerreichte Wunderrabbi von Sadagura, Rabbi Schalom Mardochaj, gestorben ist. Er soll verfügt haben, daß ihm als Grabmal ein Zauntor gesetzt werde. Glückliches Land, in dem die Weisen über den Tod hinaus lebendig wirken!

IX. KAPITEL – WELCHES – IN FORTSETZUNG DES VORHERGEHENDEN – BERICHTET VON DEM ZWEITEN DER WEISEN MÄNNER MAGHREBINIENS – NÄMLICH DEM WUNDERRABBI VON SADAGURA – RABBI SCHALOM MARDOCHAJ – DESGLEICHEN VON SEINER TOCHTER SALLY SOWIE VOM HÜNDCHEN BELLO. VERSEHEN MIT EINER FUSSNOTE ÜBER DEN TOD DES GELEHRTEN UND SEHR WEISEN MANNES.

Der zweite der großen Weisen Maghrebiniens, dem Hodscha Nassr-ed-Din Effendi an Kraft des Geistes und Tiefe der Einsicht ebenbürtig, wenn nicht gar überlegen, war der Wunderrabbi von Sadagura, Rabbi Schalom Mardochaj. Als dieser große Schriftgelehrte eines Tages in seinem Garten unter einem Birnbaum schlief, brachte man ihm die Nachricht, daß seine Frau, die sich gerade auf Reisen befand, in einer fremden Stadt gestorben sei. «Gott!» sprach der weise Rabbi, «wird mich diese Nachricht erschrecken, wenn ich aufgewacht sein werde!» Drehte sich nach der anderen Seite und schlief weiter.

Rabbi Schalom hatte eine Tochter, Sally namens, die war schön. Sie war so schön, daß ein junger Mann von Geblüt, nämlich mein Milchbruder Akif Zadik Zade Siktirbey (von dem noch ausführlich die Rede sein wird), Gefallen an ihr fand. Da Zadik Zade seinerseits von außerordentlicher Schönheit, hohen Geistesgaben und enormem Reichtum war (man nannte ihn den Liebling der Nation), stieß er nicht auf großen Widerstand. Rabbi Schalom sah der Entwicklung der Dinge mit väterlicher Besorgnis zu, schließlich begab er sich zu Siktirbey.

«Erlaucht», so sagte er mit Würde, «belieben Sie mir viele Worte zu ersparen. Reden wir Tachles (das heißt soviel wie: kommen wir zum Kern der Sache): Was ist, wenn ein Kleines kommt?»

Siktirbey, der über alle Maßen großzügig und zudem in Eile war, antwortete: «Es soll», so antwortete Siktirbey, «wenn auch nur als ein Bastard (und davon dürfte es viele geben), standesgemäß erzogen werden. Ich werde», so sagte Siktirbey, «zehntausend Lewonzen dafür geben.»

«Zehntausend Lewonzen», erwiderte der weise Rabbi grüblerisch, «zehntausend Lewonzen ist gut.» Damit verneigte er sich vor Siktirbey und ging.

Wiederum in seinem Hause angelangt, setzte sich Rabbi Schalom hin und klärte (das ist: er dachte mit erhellender Logik nach). Und nicht lange hatte der weise Mann geklärt, als ihm ein Gedanke kam. Er erhob sich wiederum und ging abermals zu Siktirbey.

«Erlaucht», so sagte er mit Würde, «halten zu Gnaden: was aber wird sein, wenn Zwillinge kommen?»

«Wenn», so antwortete Siktirbey, der über alle Maßen großzügig und bereits etwas ungeduldig war, «Zwillinge kommen (was den Seltenheitswert von Bankerten nicht gerade erhöht), so will ich zwanzigtausend geben.»

«Zwanzigtausend», erwiderte der weise Rabbi grüblerisch, «zwanzigtausend ist gut.» Damit verneigte er sich vor Siktirbey und ging.

Wiederum in seinem Haus angelangt, setzte sich Rabbi Schalom hin und klärte weiter. Und nicht lange hatte der weise Mann geklärt, als ihm ein Gedanke kam. Er erhob sich wiederum und ging noch einmal zu Siktirbey. «Erlaucht», so sagte er mit milder Würde, «was wird sein, wenn aber kein Kleines kommt – darf ich Ihnen dann meine Sally noch einmal herüberschicken?»

Rabbi Schalom besaß aber noch ein Hündchen, ein zierliches Tier, mit Namen Bello, das er zärtlich liebte. Es wog genau zwei Oka (das ist soviel wie 2400 Gramm) und war freundlich und zutraulich zu jedermann. Als ich in meiner kindlichen Unwissenheit einmal fragte: «Rabbi, warum wedelt Bello in einem fort mit dem Schwanz?» entgegnete der Weise mir mit Milde: «Der Hund wedelt mit dem Schwanz, weil der Hund stärker ist als der Schwanz. Möchte der Schwanz stärker sein als der Hund, so möchte der Schwanz mit dem Hund wedeln.»

Einmal nun war der Rabbi, begleitet von seinem Schlattenschammes und dem Hündchen Bello, ausgezogen, um zu schnorren. Sie kamen vor ein Haus der Gemeinde und schnorrten, und da man den sehr weisen und würdigen Mann allerorts verehrte, gab man ihnen reichlich. Es war aber, was man ihnen gegeben hatte, ein Stück Butter vom Gewicht von akkurat zwei Oka (nämlich, wie wir oben hörten: 2400 Gramm). Vor dem nächsten Hause übergab der Rabbi seinem Schammes die Butter und das Hündchen Bello und hieß ihn warten. Er selbst betrat das Haus und schnorrte, und da man den weisen und würdigen Mann auch hier verehrte, gab man ihm reichlich. Es war aber, was man ihm gegeben hatte, ein Fisch.

Zu den Seinen zurückgekehrt, fand Rabbi Schalom den Schlattenschammes sowie Bello vor. Die Butter aber fehlte. «Wo aber ist die Butter?» fragte der gelehrte Rabbi.

«Die Butter?» erwiderte der Schammes. «Wo

wird die Butter sein? Bello wird sie haben gefressen.»

«Bello wird sie haben gefressen?» sprach der Rabbi und blickte nachdenklich auf seinen Hund. Dann aber nahm er den Schammes und Bello mit sich zum nächsten Kaufmann. «Gestatten Sie mir», fragte er den Kaufmann, «daß ich Bello auf Ihrer Waage wiege?»

Der Kaufmann, der gleichfalls den sehr weisen und würdigen Mann verehrte, erlaubte es ihm gern. Der Rabbi aber stellte Bello auf die Waage und wog den Hund genau. Wie erwartet aber wog Bello auf den Strich zwei Oka (nämlich: 2400 Gramm).

«Gut», wandte sich der Rabbi an den Schammes. «Das ist die Butter. Wo aber ist Bello?»

Ein anderes Mal hatte der weise Rabbi einen Brocken schieres koscheres Fleisch geschnorrt und war im Begriff, es zu braten, als er in die Stadt gerufen wurde. Er nahm die Pfanne vom Feuer weg und klärte (das ist, wie wir wissen: er dachte mit erhellender Logik nach):

Ich, so klärte der Rabbi, muß in die Stadt. Bello aber, so klärte er, bleibt hier. Ich esse gern Fleisch. Bello aber, Bello, er ißt noch lieber Fleisch. Lasse ich nun – so klärte der Rabbi – Bello allein im Hause, so wird er hingehen zu schnuppern, ob er nicht schnuppert Fleisch. Was aber wird er schnuppern? Das Fleisch wird Bello schnuppern. Tommer (das ist soviel wie: folglich) wird Bello das Fleisch erschnuppern, tommer wird er es fressen. Ich aber, so klärte der Rabbi, esse selber gern Fleisch.

Sperre ich aber – so klärte der Rabbi weiter – Bello außer Haus, so wird Bello sich sagen: ‹Was für einen Grund›, so wird er sich sagen, ‹hat denn der Rabbi, mich außer Haus zu sperren? Sicherlich›, so wird er sich sagen, ‹hat der Rabbi Fleisch versteckt und fürchtet sich, daß ich es finden könnte.› Tommer wird Bello trachten, ins Haus hereinzukommen, tommer wird ihm das gelingen: was wird Bello tun? Schnuppern wird Bello, um das Fleisch zu finden. Was aber wird er schnuppern? Tommer wird Bello das Fleisch erschnuppern, tommer wird er es fressen. Ich aber, so klärte der weise Rabbi, esse selber gern Fleisch.

Lasse ich aber– so klärte der weise Rabbi weiter – Bello im Hause, tommer wird Bello zu sich sagen: ‹Wenn› – so wird er sich sagen – ‹der Rabbi läßt mich im Hause in großem Vertrauen: dann› – so wird Bello sich sagen – ‹hat der Rabbi nicht zu befürchten, daß ich etwas schnuppern könnte. Dann nämlich› – so wird Bello sich sagen – ‹hat er, der Rabbi, nichts vor mir zu verbergen.› Also wird er das Fleisch nicht erschnuppern. Also wird er es nicht finden. Also wird er es nicht fressen. Also – so schloß der Rabbi sein weises Klären – werde ich lassen Bello im Haus.

Als aber der Rabbi von der Stadt zurückkam, hatte Bello das Fleisch gefressen. Da wandte der

Rabbi sich zu seinem Hunde, klopfte ihm mit dem Finger gegen die Stirn und sagte in vorwurfsvoller Milde: «Bello – Drehkopp!»

Diesen scharfsinnigen und ebenso gelehrten wie weisen Mann (nämlich den Rabbi Schalom Mardochaj) fragte man einmal nach der Allmacht Gottes.

«Gott ist allmächtig», erwiderte er.

«Wie ist er allmächtig», fragte man ihn.

«Gott ist allmächtig», so sagte der Rabbi. «Würde Gott schaffen einen Stein, so groß wie der höchste aller Berge: so mächtig ist Gott, daß er ihn könnte heben wie einen Flaum. Gott aber ist allmächtig. Würde Gott schaffen einen Stein, so groß wie die Welt: so mächtig ist Gott, daß er ihn könnte heben wie eine Erbse. Gott aber ist allmächtig. Er ist imstande, einen Stein zu erschaffen, so groß, daß er selbst ihn nicht könnte heben . . . Aber», so schloß der Rabbi in Gedanken, «wo ist er dann noch allmächtig?»

Bezeichnend für das große und ruhmreiche Land der Maghrebinier ist, daß man die Weisheit und Gelehrsamkeit eines solchen Mannes nicht ungenutzt läßt. Also lehrte der Rabbi Schalom Mardochaj auch in der Schule. So sprach er zu seinen Schülern von seinem Namensvetter Mardochaj, dem Meilach (das ist: der König), und Esther, der späteren Gemahlin des Meilachs

Ahasver, der da herrschte von Hodu bis Kusch über hundertundsiebenundzwanzig Landschaften. «Mardochaj», so belehrte der Rabbi seine Schüler, «war geflohen vor dem Zorn Hamams, welcher ihm nach dem Leben trachtete. So war er, Mardochaj, vor ihm geflohen in die Einöde. Dort, fern von den Menschen und aller Hülfe, lebte er, Mardochaj, von Wurzeln und Kräutern. Eines Tages, als er nach Nahrung suchte, fand er, versteckt im Gebüsche, ein Neugeborenes, welches war Esther, ausgesetzt von der Mutter. Voll des Mitleids nahm er, Mardochaj, auf das Kind und sah, daß es ein Mädchen sei. Wie aber sollte er, Mardochaj, fern von den Menschen und jeglicher Hülfe, das Kind ernähren? Da begann er zu dawenen (das ist: beten), und er dawnete brünstig zu Gott. Und siehe: Gott tat ein Wunder, und seine, Mardochajs, des Meilachs, Brust begann anzuschwellen, zu schwellen und zu schwellen, bis sie war wie die Brust eines Weibes. So konnte er,

Mardochaj, nähren den Findling wie eine Mutter.»

Also belehrte der Rabbi seine Schüler.

Kaum jedoch hatte er seine Belehrung beendet, als sich unter den Schülern meldete einer mit Namen Palinker, und dieser sprach zu dem Rabbi: «Bitte zu gestatten gütigst, Rebbeleben», so sprach der Schüler Palinker, «was hat ER gebraucht, ER, GOTT, zu tun ein solches Wunder, welches ist doch wider alle modernen naturgeschichtlichen Erkenntnisse, ich bitte Sie!»

«Was denn», fragte der Rabbi in Milde entgegen, «hätte ER, GOTT, sollen tun?»

«Hätt ER, GOTT, sich nicht können die Sache besser überlegen», so sagte der Schüler Palinker, «und legen neben das Kind eine Börse mit ein paar Lewonzen? So hätte er, Mardochaj, doch können kaufen im nächsten Gewölbe, was er hat gebraucht zu haben für das Kind.»

Darauf antwortete der Rabbi in Milde: «Chammer!» (das ist soviel wie: Dummkopf), so antwortete der Rabbi: «Was wird ER, GOTT, ausgeben vom Guten bar, wenn ER kann tun ein Wunder?»

Also belehrte der Rabbi seine Schüler.

Der Ruf eines Mannes von so hervorragenden Geisteskräften mußte bald die Grenzen unseres Landes überschreiten. In der Tat: so berühmt war Rabbi Schalom Mardochaj, daß, als er einmal in Rom den Papst besuchte und mit Seiner

Heiligkeit in einer offenen Kalesche über die Via Appia fuhr, die Römer einander an den Ärmeln zupften und fragten: «Wer ist der freundliche alte Galach (das ist: ein Geistlicher), der da mit dem Wunderrabbi von Sadagura im Fiaker fährt?»

Von ihm, Rabbi Schalom Mardochaj, dem Wunderrabbi von Sadagura, erzählt man endlich, daß auch seine Weisheit zur Heiligkeit wurde: Während er nämlich eines Tages in seinem Hause saß und meditierte, war ein Pogrom losgebrochen: die entfesselte Menge steckte die Synagoge in Brand. Er aber, Rabbi Schalom, so sagt man, blieb ruhig im Hause bei seinen Gedanken sitzen.

«Denn», so klärte der weise und sehr würdige Mann, «gibt es eine Gerechtigkeit Gottes, so werden die Verbrecher ihre Strafe finden, und die Synagoge wird neu erstehen. Gibt es aber», so klärte der Rabbi, «keine Gerechtigkeit Gottes – wozu brauchen wir dann eine Synagoge?»

Soviel über die weisen Männer Maghrebiniens.

Wie mir kürzlich aus Maghrebinien zugetragen wurde, ist auch dieser gelehrte und großartige Mann, der Rabbi Schalom Mardochaj, gestorben. Es soll sich sein Tod in milder Verklärung, jedoch an einem Tag von außerordentlich schlechtem Wetter ereignet haben. Zur großen Verwunderung, ja teils sogar Bestür-

zung der Trauernden, die sich um das Sterbelager Rabbi Schaloms eingefunden hatten, verlangte dieser zur letzten Tröstung den Archimandriten von Schrepkoutz zu sehen. Man fragte ihn, ob er nicht lieber von einem Priester gleichen Glaubens, nämlich seinem Kollegen und Nachfolger in der Würde des Oberrabbinats, Rebbe Dr. Dr. Prossnitzer, getröstet werden wollte? «Wollen will ich», erwiderte Rabbi Schalom mit schwacher Stimme. «Aber kann ich denn den Rebbe bitten, zu kommen – bei dem Wetter!» Eine solche Haltung noch in den allerletzten Zügen unterscheidet sich sehr vorteilhaft von derjenigen, die ein anderes Mitglied der mosaischen Gemeinde von Sadagura, nämlich der Kaufmann Uscher Brill, in seiner Sterbestunde einnahm: Schon von den Rabenschwingen des Todes umschattet, fragte er, wer von seinen zahlreichen Kindern und Verwandten anwesend sei. «Ist der Jossel da?» fragte er mit schwacher Stimme. «Ja, Tate!» schluchzte der Aufgerufene. «Ist die Sarah da?» «Ja, Tate!» «Der Leib, die Riffke, der Salo, die Ljuba, die Sure und der Löwe – sind sie alle da?» «Alle, Tate!» Da warf der Kaufmann Uscher Brill die Arme hoch und schrie verzweifelt: «Und wer ist im Geschäft?»

X. KAPITEL – WELCHES – IN FORTFÜHRUNG DER BEIDEN VORHERGEHENDEN – BEHANDELT NEBEN DEN WEISEN MÄNNERN DES SEHR GROSSEN UND RUHMREICHEN LANDES MAGHREBINIEN AUCH EINEN SOLCHEN – WELCHER EIN WUNDERTÄTER WARD KRAFT DER STÄRKE SEINES GLAUBENS –: NÄMLICH VON DEM FROMMEN HIRTEN PETRAKJE LUPU AUS MAGLAWIT.

Neben den weisen Männern des sehr großen und ruhmreichen Landes Maghrebinien wirken dorten auch solche, welche die Erleuchtung nicht aus der Kraft der Einsicht des Verstandes, sondern vielmehr aus der Stärke des Glaubens schöpfen und sind imstande, Wunder zu tun.

So wuchs in der Einsamkeit der maghrebinischen Berge ein Hirte heran, der war aller Tugenden Bannerträger. Er hieß Petrakje Lupu und war ein Hirte zu Maglawit.

Als er nun eines Tages seine Hammel weidete, da geschah es, daß GOTT aus einem Dornbusch zu ihm sprach, wie er es zu Moses getan beim Haine Horeb. Und der Hirte Petrakje Lupu warf sich nieder auf sein Angesicht und betete IHN an. Und fortan sprach er in den Zungen der Verkündung, und das Volk strömte herbei von fern und nah und lauschte seinen Worten. Und er tat Wunder und heilte Kranke und Bresthafte durch Auflegen der Hand und die Stärke seines Glaubens.

Eines Tages aber, als er im Flusse badete, kamen zwei Damen aus Metropolsk zu ihm, die beide einen Kummer in ihrem Herzen hatten. Und sie warteten am Ufer des Flusses, bis er gebadet hatte. Und als sie genügend lang gewartet hatten, da stieg der Hirte Petrakje Lupu aus den Fluten des Flusses zu dessen Ufer auf. Und er war nackend.

Da er sich aber seines Leibes Blöße schämte, nahm er seine Katschjula (das ist: die Mütze von

Hammelfell) von seinem Haupte und hielt sie vor seines Leibes Blöße. Und die beiden Damen aus Metropolsk traten an ihn heran, und die eine von ihnen sprach so zu ihm: «Lege», so sprach die Dame aus Metropolsk, «deine Hand auf mein Herz, o Petrakje Lupu, auf daß sein Kummer geheilt werde.» Und Petrakje Lupu, der Hirte aus Maglawit, legte die eine seiner Hände auf ihr Herz, auf daß der Kummer darin geheilt würde, und sie nahm seine Hand und hielt sie fest auf ihrem Herzen. Als aber die andere der beiden Damen aus Metropolsk ein solches sah, da sprach auch sie zu dem Hirten: «Lege», so sprach die andere der Damen, «deine Hand auch auf mein Herz, o Petrakje Lupu, du frommer Hirte, auf daß auch sein Kummer geheilt werde.»

Er aber, Petrakje Lupu, der Hirte aus Maglawit, wollte seine Katschjula (das ist: die Mütze von Hammelfell) nicht fahren lassen, auf daß seines Leibes Blöße nicht enthüllt würde. So schloß er die Augen und betete inbrünstigen Glaubens zum HERRN. Und siehe: der HERR tat ein Wunder, und Petrakje Lupu, der Hirte, hob auch seine zweite Hand und legte sie der andern Dame aus Metropolsk aufs Herz. Der HERR aber hatte ein Wunder getan, und die Katschjula (das ist: die Mütze von Hammelfell) blieb an ihrer Stelle, ohne daß er sie weiter festgehalten hätte.

Als aber der Ruhm des frommen Hirten Petrakje Lupu aus Maglawit in alle Welt gedrun-

gen war, reisten die Wissenschaftler des Westens zu ihm, um seine Wundertaten natürlich und jedermann verständlich aufzuklären. Sie untersuchten ihn nach allen fortschrittlichen Methoden des Westens, und als sie damit zu Ende waren, sprachen sie: «Er ist nichts weiter», so sprachen die westlichen Gelehrten, «als ein Narr. Wir werden ihn mit uns nehmen und von seinen Einbildungen heilen.»

So nahmen sie Petrakje Lupu, den Hirten aus Maglawit, mit sich in die Heilanstalten des Westens, und sie behandelten ihn dorten durch viele Jahre, und die gelehrtesten unter ihnen strömten herbei, um ihre Kenntnisse an ihm auszuprobieren. Endlich, nach Jahren, betrachteten sie ihn als von seinen Einbildungen geheilt und fragten ihn: «Glaubst du nun», so fragten sie ihn, «glaubst du nun weiter, du Hirte Petrakje Lupu aus Maglawit, daß du GOTT gesehen hast von Angesicht zu Angesicht, und daß ER dich zu seinem Propheten gemacht hat?»

Darauf sprach Petrakje Lupu, der Hirte aus Maglawit: «Ich glaubte daran», so sagte er, «daß ich GOTT gesehen hätte von Angesicht zu Angesicht, und daß ER mich zu seinem Propheten ausersehen hätte. Seit ich aber hier bei euch weile und mir von euren größten Männern soviel Aufmerksamkeit zuteil geworden ist, glaube ich nicht mehr, GOTTES Prophet zu sein, sondern GOTT selber.»

Soviel über die Wundertäter des großen und ruhmreichen Landes Maghrebinien.

Nebenbei gesagt: es sind die Maghrebinier ein gottesfürchtiges Volk, und eine unrühmliche Ausnahme bilden die beiden Männer, die eine Geschäftsreise ins Gelobte Land führte –: da es sehr heiß war und sie einiger Erfrischung bedurften, machten sie einen Ausflug über Land und gelangten auch alsbald zu einem See, an dessen Gestade ein findiger Kopf ein Mietsgeschäft mit Ruderbooten betrieb. Sie nahmen eines davon und ruderten lang genug herum, um den frischen Abendwind auszukosten, der sich über dem See erhob. Als sie zurückkamen, verlangte der Verleiher einen Mietpreis von 20 Dollar.

«Wie», riefen meine beiden Landsleute wie aus einem Munde, «zwanzig Dollar für das bissel Rudern?»

«Offenbar», so antwortete der Bootsvermieter, «scheinen Sie nicht zu wissen, wo Sie sind. Dieses nämlich», so sagte er und wies auf das erhabene Gewässer, «ist der See Genezareth.»

«Na, und?» war die Gegenfrage.

«Aber», so erwiderte der Bootsvermieter, «es ist der See, über den der HERR *zu Fuß gewandelt ist!»*

Da antworteten die beiden Maghrebinier wie aus einem Munde: «Kein Wunder – bei den Preisen!»

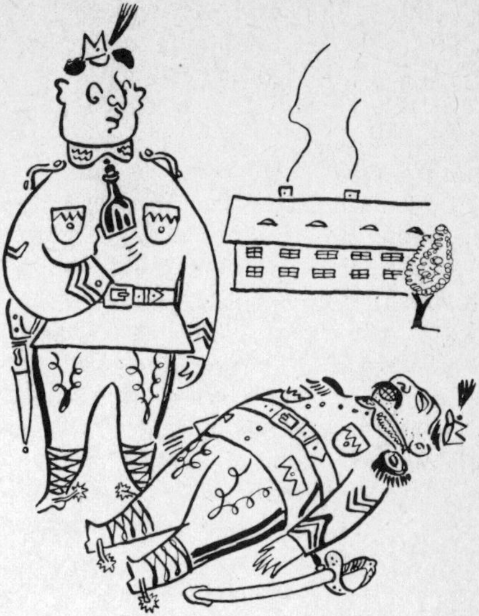

XI. KAPITEL – WELCHES BERICHTET VON EINEM ANDEREN GROSSEN DES LANDES MAGHREBINIEN – NÄMLICH DEM SAGENHAFTEN UND SEHR GEWALTIGEN RÄUBERHAUPTMANN TERENTE.

Nicht nur weise und erleuchtete Männer wirken in Maghrebinien und schweben der Jugend als Vorbilder voran, sondern auch solche, welche durch Kühnheit und unabhängigen Sinn, durch unstillbaren Freiheitsdurst und kaltblütige Todesverachtung ausgezeichnet sind. Leben jedoch jene zumeist in einsichtsvoller Selbstbeschränkung nach dem Gesetze oder entziehen sich irdischen Händeln durch gottgefällige Weltabgeschiedenheit, so empören sich diese in ihrem schwer zu zügelnden Temperamente oft wider Zwang und Staatsgewalt, ja gegen jede vorgeformte Ordnung, und führen das wilde Leben Gesetzloser und schließlich aus der Gemeinschaft Verstoßener. So finden sich in den unermeßlich großen und schwer zugänglichen Waldgebieten des Landes fortwährend Häuflein von Verwegenen zusammen, deren hoher Sinn gänzlich von dem Gedanken an Freiheit erfüllt ist, deren mangelndes Einfühlungsvermögen in die Gebote und Verpflichtungen der gesitteten Gesellschaft jedoch sie zum Räuberhandwerk zwingt. Viel ist über die maghrebinischen Räuber gedichtet und gesungen worden, indes hat keiner je den Ruhm des sagenhaften und sehr gewaltigen Terente erreicht.

Ein Kind des Volkes (und ein Freund des Volkes), wurde Terente als einziger Sohn einer armen Witwe, drei Jahre nach dem Tode des Vaters (angeblich ein Individuum namens Suk) geboren und verbrachte seine Jugend in süßer Ungebundenheit auf den grünen Matten und unter den schwarzen Wetterfichten des maghrebinischen Waldgebirges. Hier lebte auch ein schönes Mädchen (eine gewisse Viorika Pjowartschjuk), Naturkind wie er selbst, und nichts war verständlicher, als daß die beiden unverdorbenen Menschenwesen sich einander zugeneigt fühlten und mit jener Unbefangenheit des Herzens liebten, die man allenthalben auf den grünen Matten und unter den schwarzen Wetterfichten des maghrebinischen Waldgebirges zu beobachten Gelegenheit findet. Darüber hatte Terente das Alter erreicht, in welchem ein junger Maghrebinier seinem König und Vaterlande mit der Waffe dienen soll, nämlich das einundzwanzigste Lebensjahr, und als die alljährliche Musterungskommission der königlichen Armee die Dörfer und Weiler des Landes besuchte, um Rekruten auszuheben, fand man auch Terenten und machte ihn zu einem Regiment der Garnison Bunikadrakului einrückend. Hier, geschoren und entlaust, den Eindrücken des Fremden ebenso ausgesetzt wie dem der Stiefelabsätze niedrig Chargierter, fand sich der junge Mensch alsbald von Heimweh überwältigt; vor allem aber die Sehnsucht nach Viorika schien ihm übergroß. Nachts im unruhigen Schlafe (oh, wie sehr unterschied sich dieser fahrige, schweißdumpfe Schlaf im Brodem des Kasernensaales von dem süßen Schlummer, in welchem der Jüngling so manchen lieben langen Tag, die Katschjula – das ist: die Mütze von Hammelfell – ins Gesicht gezogen, den Gurt gelöst, die Lippen, welche noch der weiche Flaum der Jugend zierte, unter innigen Atemzügen offenstehend, im Farn der heimatlichen Wälder zwischen Würzkräutern, Erdbeeren und Laufkäfern verträumt!) – nachts im Schlafe also verriet er sich durch rauhen Schreckruf den Kameraden, und wiederum erwacht, berichtete er ihnen seinen Kummer und seines Herzens Not. Was blieb ihnen, Gefährten des gleichen Leides, übrig, als ihm zu raten, so zu tun wie sie selbst: nämlich im Weine Vergessen zu suchen. – Wein? Terente hatte niemals anderes genossen als das kristallne Wasser des Bergquells. Daß ein Trunk so zaubrische Wirkung haben sollte, wie sie ihm da verheißen wurde, Befeuerer der Fröhlichen und Tröster der Bekümmerten, Springborn der Erfindung und Abgrund des Vergessens zugleich, das erschien dem jungen Menschen wunderbar. Wie aber sollte er, der noch niemals einen Para sein eigen nennen durfte, in den Besitz desselben gelangen? Das Naturkind wußte keinen anderen Weg als den direkten: als er tags darauf den Hauptfeldwebel seines Bataillons mit einer Flasche von der Regierungskantine kommen sah, erschlug er diesen kurzerhand und trank jene ebenso unverzüglich aus. Und als ihm dann der strenge Richter vor Augen halten wollte, welche schwere Sünde er auf sich geladen habe wegen nichts anderem als einer einzigen Flasche Wein, erwiderte Terente in seiner Unbefangenheit: «Ein Fläschchen hier, ein Fläschchen dort – es läppert sich zusammen.»

Seither aber erzählt man den Kindern Maghrebiniens folgende Geschichte: Als der Prophet dereinst in die Wüste wanderte, um zu kontemplieren, fand er im Geröll der Einöde ein Pflänzchen vor, das dorten – ein offenbares Wunder! – gewachsen war. Dem Fingerzeig des HERRN folgend, grub er es aus, um es in saftigeres Erdreich zu verpflanzen. Um es aber vor dem Verdorren zu beschützen, barg er es in einem Vogelknochen, den er unweit fand. Der Keimling aber wuchs und wucherte alsbald über das Vogelbein hinaus, und der Prophet sah sich nach einem größeren Behälter um. Was er fand, war der gebleichte Knochen eines Löwen, und er barg das Reis in dessen Röhre. Aber weiter und immer weiter wuchs das Pflänzlein und hatte bald das Löwenbein umrankt. Da klaubte der Prophet das Schienbein eines Esels auf, barg es darin und brachte es in seinen Garten. Dort setzte er es in die Erde, und alsbald ward die Rebe daraus: So wird ein jeder, der vom Weine trinkt, nach dem ersten Glase beschwingt wie ein Vogel; trinkt er ein zweites, so erfüllt ihn der Mut des Löwen; nach dem dritten aber wird er sich gebärden wie ein Esel –: denn dies sind die drei Hüllen, in denen der Prophet die Rebe geborgen hat.

Terente indessen, nach seiner mit soviel Unverstand verübten Tat, war dem Lauf der Gerechtigkeit ausgesetzt: man verschickte ihn zur Katorga. Nicht lange aber ertrug sein freiheitsdurstiger Sinn das Joch der Zwangsarbeit. Gewaltig von Körperkraft wie Simson, tötete er seine Wärter mit bloßer Hand und schlug sich – hier und dort wohl auch ein Fläschchen findend – in die Wälder. Dort stieß er bald auf eine Gruppe Gleichgesinnter.

Fortan gab es für keinen, der die Pässe des Gebirges als Reisender überschreiten wollte, Sicherheit. Nicht genug an dem: Terentes Bande (denn sogleich hatte sich der kühne Mann zu deren Führer aufgeschwungen) überfiel und plünderte einsam gelegene Gehöfte, hielt sogar die Züge der Bahn von Tschiklükümli nach Tzigara-Samurkasch auf freier Strecke an, beraubte und entführte die Passagiere und erpreßte Lösegelder, tauchte heute hier und morgen dort aus der Finsternis der Nacht, um Mord, Brand und Schrekken zu verbreiten, und spottete jeglicher Verfolgung Hohn. Ganze Truppenkontingente der königlichen Armee wurden ausgeschickt, um die Verwegenen zu stellen, und kehrten – oft unter schmerzlichen Verlusten an Getöteten und Überläufern – immer aber, wenn auch nicht mit leeren Händen, so doch im Sinne ihres Auftrages erfolglos heim. Denn nicht nur fand die geplagte Bevölkerung die gelegentlichen Überfälle Terentes weniger schädigend als die Einquartierung der Poltéra (das ist: das königliche Heer): die Angst vor der Rache der Verschworenen, aber auch Terentes Wohltätigkeit und Gerechtigkeitssinn sicherten ihn vor jeglichem Verrat. Denn er war und blieb ein Freund des Volkes und der Armen: immer waren es die Begüterten, die Presser und Leuteschinder, die er überfiel, und mehr als einmal verwandte er die Beute dazu, um ein schönes armes Mädchen, das in Bedrängnis geraten war, zu unterstützen und ihre Mitgift auszurichten, oder aber einer Witwe die Möglichkeit zur Aufzucht eines späten Kindes zu verschaffen.

Genug: der Ruhm des sagenhaften und sehr gewaltigen Terente ward so groß, daß er weit über die Grenzen des Landes ging. Die Zeitungen des Westens berichteten über ihn als über einen großen Empörer und Volkshelden, gewaltig an Macht und Einfluß durch den Schrecken, in dem er die Hartherzigen, die Geschäftemacher und Raffer hielt, und sagenhaft, weil keine Staatsgewalt sich rühmen konnte, seiner Herr zu werden, keiner aus dem Volke aber, sei er ihm jemals begegnet oder nicht, das Siegel seiner Lippen brach, um irgendeine Nachricht preizugeben, die seinen Aufenthalt oder auch nur Einzelheiten seines Äußeren oder seiner Gewohnheiten verraten hätte. Neuigkeitsbegierige Reporter, von der Sensationslust ihrer Leserschaft getrieben, machten sich auf, um irgend etwas über Terente zu erfahren.

Ein Interview mit ihm wurde von amerikanischen Verlegern nach Zehntausenden bezahlt. Aber keinem gelang es, auch nur ein Sterbenswörtchen über die bekannten, fast legendären Berichte seiner Kraft und seiner wilden Seelengröße zu erhaschen.

Einmal aber gelang es einem besonders findigen Berichterstatter (einem gewissen Higgins Bottom Higgins von der Boston Herald Tribune), authentische Nachricht über Terente zu gewinnen, und zwar die folgende:

Im Auftrag seiner Zeitung ritt Higgins Bottom Higgins in der Landestracht durch jene Gegend, die man als Kern des Terenteschen Operationsgebiets bezeichnete, nämlich durch die ausgedehnten Waldungen der Teskowina. Da er kaum zu hoffen (oder zu befürchten) wagte, dem sagenhaften und sehr gewaltigen Hauptmann selbst zu begegnen und zur Mitteilung zu bringen, schränkte besagter Higgins Bottom Higgins seine Bemühungen dahingehend ein, jedermann, auf den er traf, danach zu fragen, ob er (nämlich der Betreffende) Gelegenheit gehabt, Terenten in freier Wildbahn, sozusagen, zu sehen, mit ihm zu sprechen und welcherlei Erfahrungen er dabei gemacht. Lange Zeit war diese Bemühung durch die

Verschwiegenheit der Leute (deren Gründe uns bekannt sind) vergeblich geblieben. Einmal aber traf Higgins Bottom Higgins auf einen Mann, der seines Wegs auf einem kleinen Esel geritten kam. Wie gewöhnlich fragte ihn Higgins Bottom Higgins seine Frage.

«Ob», so entgegnete der Mann, «ich Terenten kenne? Wie denn nicht!»

«Erzähle!» drang Higgins Bottom Higgins, seinen Schreibblock zückend, in ihn.

«Terente!» entgegnete der Mann. «Wie werde ich ihn nicht kennen! Es war», so sagte er, «ein Morgen wie dieser. Ich ritt», so sagte er, «wie heute auf meinem kleinen Esel: plötzlich, in der Ferne, taucht ein Reiter vor mir auf. Ich sehe: es ist ein riesenhafter Mensch, bewaffnet, auf einem riesengroßen Pferd. Ich versuche, mich ins Buschwerk zu drücken, er aber, ein Hüne, auf einem hünenhaften Pferde, sprengt heran – ich sehe und begreife: es ist Terente. Schon hat er sein Gewehr von der Schulter gerissen, springt von seinem Pferde, legt auf mich an und ruft: ‹Geld oder Leben!› Vor Schreck bin ich von meinem Esel gefallen. ‹Hochherziger Hetman›, so sage ich, ‹ich bin ein Armer. Woher soll ich Geld bei mir haben? Nimm also mein Leben!› ‹Du hast›, so entgegnete mir Terente, ‹kein Geld?› – ‹Nicht einen Para›, erwiderte ich, der Wahrheit gemäß. Terente aber», so berichtete der Mann, «wie er dieses hört, kommt nahe an mich heran, betrachtet mich und meinen Esel auf das genaueste, richtet dann die Mündung seines Gewehres auf meinen Esel und spricht mit Donnerstimme: ‹Löse dich!› Mein Esel», so berichtete der Mann, «was soll er tun – er, ein so kleiner Esel, und hier Terente, ein Hüne, mit seinem Gewehr! Er löst sich also. Terente aber richtet die Mündung seines Gewehres auf mich und sagt zu mir mit Donnerstimme: ‹Iß das!› – Es war mir», so fuhr der Mann in seinem Berichte fort, «nicht angenehm, Sie können es mir glauben: zwar bin ich arm, immerhin habe ich schon Besseres gekostet. Was aber», so sagte er, «sollte ich tun – ich so ein kleiner Mensch, und hier Terente, ein Riese, mit seinem Gewehr! Ich aß es also. Terente aber», so sprach der Mann, «begann zu lachen. Herr! Die Fichten rüttelten sich unter diesem Lachen, es rollte wie Donner durch den Wald und brach sich an den Hängen des Gebirges, grollte fort über die Wälder und verging als fernes Hallen. Dann aber wandte sich der Hauptmann ab, um wieder auf sein Pferd zu steigen. Wie er sich aber wendet», so berichtete der Mann, «springe ich zu und reiße dem sagenhaften und sehr gewaltigen Räuber das Gewehr aus der Hand. Er war ein Riese, Herr! Ich aber», so sprach der Mann, «ich hatte jetzt das Gewehr. Und ich richtete die Mündung des Gewehres auf Terentes Roß und schrie, so laut ich konnte: ‹Löse dich!› – Terentes Pferd», so berichtete der Mann, «es war ein Riese unter den Pferden – was aber sollte es tun? Hier war ich und hatte das Gewehr! Es löste sich also. Ich aber

richte die Mündung des Gewehres auf Terente und schreie, so laut ich kann: ‹Iß das!› – Es war ihm», so fuhr der Mann in seinem Berichte fort, «nicht angenehm, Sie können es mir glauben – Terente, dem sagenhaften und sehr gewaltigen Räuber: sicherlich hatte er schon Besseres gekostet. Er war ein Riese unter den Riesen – was aber sollte er tun? Hier war ich und hatte sein Gewehr. Also aß er es ... Terente!», so sprach der Mann, und die Erinnerung wölbte ihn stolz, «wie werde ich Terente nicht kennen! Wir haben zusammen gefrühstückt.»

XII. KAPITEL – WELCHES ABSCHLIESST DEN BERICHT ÜBER DIE ERZIEHUNG EINES JUNGEN MAGHREBINIERS ZUM WAHREN BÜRGER DES SEHR GROSSEN UND RUHMREICHEN LANDES. VERSEHEN MIT EINER FUSSNOTE – WELCHE EIN ZARTFÜHLENDER LESER BESSER ÜBERSCHLÄGT.

Dergestalt, wie vordem berichtet, von liebevollen und erfahrenen Erziehern betreut, am Vorbild großer und erleuchteter Landsleute geschult und gebildet, wächst der junge Maghrebinier heran und entwickelt sich zum wahren Bürger dieses sehr großen und ruhmreichen Landes.

Es versteht sich, daß dorten, wo so gründliches Augenmerk auf die Bildung der Jugend gewendet ist, ein edler Wettstreit zwischen den Vätern herrsche: jeder nämlich wünscht seinem Sohne die beste und umfassendste der Erziehungen angedeihen zu lassen. So berichtet man von einem Manne, dem ein Sohn geboren worden war: Voll Stolz und voll von dem Bewußtsein der Verantwortung, die nunmehr auf ihm lastete, begab er sich in seinen Garten und schritt grübelnd auf und ab, beständig überlegend, welches die allerbeste und umfassendste der Erziehungen wäre, die er seinem Erben geben könnte. So schritt er Tag um Tag in seinem Garten auf und ab, und eines Tages trat ein junger Mensch an ihn heran und klopfte ihm auf die Schulter –: Es war sein Sohn, der inzwischen zum Manne herangewachsen war.

Zeigen sich indes bei bereits heranwachsenden Sprößlingen gewisse Eigenheiten, so steht freilich der Vater noch mit Rat und Tat beiseite, und man berichtet von einem Manne, der erfahren hatte, daß sein

Sohn in Neigung zu seiner Eselin verfallen war –: ihm gab er drei Dinge: einen Schemel, einen Stein und einen Apfel. Den Schemel als das, was man bei Reitern «avantage» nennt – also ein Gegenstand, um besser aufzusteigen; den Stein, um den Schwanz der Eselin, der lästig wedeln mochte, zu beschweren; den Apfel endlich: um, wenn er in Leidenschaft gerate, nicht versucht wäre, in die räudigen Flanken der Eselin zu beißen –: dafür war der Apfel.

XIII. KAPITEL – WELCHES BEHANDELT DEN LIEBESFRÜHLING IN MAGHREBINIEN UND BEINHALTET DIE AUFKLÄRUNG DES GEHEIMNISVOLLEN ZWISCHENFALLS MIT DEN TÖCHTERN DES GOSPODARS PUNGASCHIJ – NÄMLICH DEN FRÄULEIN DUDUKA, MITIKA UND PISIKA – WELCHER IN DER VORHERGEHENDEN ERZÄHLUNG DES ONKELS DES ERZÄHLERS – DES BOJAREN KANTAKUKURUZ – NUR ANGEDEUTET WORDEN IST. BERICHTET FERNER EIN MÄRCHEN UND EINIGE ALLGEMEINE BEMERKUNGEN ÜBER DIE STELLUNG DER FRAUEN IM SEHR GROSSEN UND RUHMREICHEN LANDE MAGHREBINIEN.

Die Mädchen Maghrebiniens sind hochbusig, kirschenäugig und von stolzer Haltung. Ihr Haar ist nachtschwarz, weich und glänzend wie Schemachaseide. Ihre Lippen sind wie das Fleisch des Granatapfels. Die Zähne blitzen wie der Firn der Gebirgsgletscher. Ihr Atem ist süßer als Jasmin. Man kann, besonders für die fetten unter ihnen, bis zu hundertfünfzigtausend Lewonzen (das ist soviel wie 60 Millionen Parale oder sieben Milliarden walachischer Gologanij – also etwa vierunddreißig DM) pro Stück von den Mädchenhändlern in Metropolsk erzielen. Aber mehr noch als in barem Gelde sind sie den Männern als Gattinnen und Gefährtinnen ein Gewinn. Niemals rasten ihre Hände. Sie sind stark wie Simson und fruchtbar wie die Herden Labans unter Jakobs Hut. Sie sind schweigsam und ertragen Schläge in dankbarer Demut.

Als es Frühling in Maghrebinien geworden war, ergriff mich die Liebe, und ich ging umher und seufzte. Dieses bemerkte mein Onkel, der Bojar aus dem Geschlecht der Kantakukuruz, und er nahm mich beiseite und fragte mich nach dem Anlaß meiner Schwermut. Und als ich ihm diesen offenbarte, sagte er: «Trinke, Söhnchen, ein Glas vom Weine von Kotnar!»

Als ich ihn aber um Näheres befragte, erzählte er mir folgendes:

«Ich bin doch», so erzählte mein Onkel Kantakukuruz, «wie du ja weißt, als Waise zusammen mit meinem defunkten Bruder, deinem seligen Herrn Großpapa, auf den unermeßlichen Liegenschaften der Kantakukuruz herangewachsen, unter der Obhut lediglich einer Amme, einer gewissen Kassandra, die mich liebte wie ihr Augenlicht. Sie behütete mich auch wie dasselbe und bewahrte mich, so gut es ging, vor jeglicher Berührung mit der Welt. Die Folge davon aber war, daß ich ungewöhnlich schüchtern blieb.

Es besuchte mich zwar», so berichtete mein Onkel weiter, «von Zeit zu Zeit ein Verwandter, ein Mann von Welt, der sich um des Angedenkens unserer teuren Eltern willen bemühte, mich erzieherisch zu fördern und über mancherlei Dinge aufzuklären. Vertraut mit den fortschrittlichen Methoden des Westens, befleißigte er sich dabei, mir Einblicke in die Verschlungenheit des Lebens so zu eröffnen, daß die zarte Seele des Kindes keiner Gefährdung ausgesetzt war. Als es darum dazu kam, daß er mir über die Beziehung der Geschlechter zueinander Rechenschaft geben sollte, wählte er voll Zartsinn solche Vergleiche, die aus der Tierwelt und dem Pflanzenreich herbeigeholt waren. Er sagte: ‹Du entsinnst dich›, so sagte mein Verwandter, ‹liebes Kind, daß wir kürzlich auf der Wolfsjagd waren. Steht dir wohl auch noch im Gedächtnis, was wir mit den Zigeunerinnen taten, die wir zu unserer Zerstreuung mitgenommen hatten? Genauso›, so sagte mein Verwandter, ‹machen es nämlich auch die Schmetterlinge.›

Nun werden aber», so fuhr mein Onkel fort, «die Vergleiche aus der Tierwelt als Mittel der Belehrung überschätzt, und so fiel es mir trotz der väterlichen Bemühungen meines Verwandten schwer, meine ungewöhnlich große Schüchternheit zu überwinden, nicht zuletzt auch wegen eines Märchens, welches mir meine Amme, die besagte Kassandra, in früher Kindheit erzählt hatte.

Ein Mann, so ging das Märchen meiner Amme, fuhr mit einer Ladung von Gewürzen übers Meer. Eines Nachts kam Sturm auf, und eine Woge riß ihn über Bord seines Schiffes. Er kämpfte gegen das Ertrinken, bis seine Kräfte versagten und er versank. Aber eine Strömung zog ihn mit sich fort und trug ihn an das Gestade einer Insel. Als er dort die Augen aufschlug, war es Tag, und er fand sich auf einem Eiland voll köstlicher fruchtbeladener Bäume, duftender Blüten und frischer Quellen. In der Ferne aber erblickte er einen Palast, und als er sich an den Früchten der Bäume und von dem Wasser einer Quelle gelabt hatte und wiederum zu Kräften gekommen war, machte er sich dahin auf. Aber ein Wächter trat ihm in den Weg und sprach so zu ihm: ‹Höre!› so sprach der Wächter, ‹dir ist Gastfreundschaft auf diesem Eiland gewährt, solange es deinem Herzen gefällt, zu bleiben. Fragst du aber eine bestimmte Frage, so wirst du von hier vertrieben werden, und niemals, ob all deiner Sehnsucht und deines Flehens willen niemals, darfst du wieder den Fuß auf diesen Boden setzen, wie auch all die andern nicht, die vor dir hier waren. So überlege dir, ob du bleiben oder wieder ziehen willst. Noch hast du die Wahl.›

Also sprach der Wächter zu dem Manne.

Der Mann aber fragte: ‹Wie heißt dieses Eiland?›

‹Es ist›, entgegnete der Wächter, ‹die Insel der Liebe.›

‹Ich will bleiben›, sagte der Mann.

Der Wächter aber trat aus seinem Wege, und er ging weiter und kam vor die Tore des Palastes. Und neun Mädchen traten aus dem Tore des Palastes und kamen ihm entgegen, eins schöner und lieblicher anzusehen als das andere. Und du weißt», so flocht mein Onkel Kantakukuruz in seine Erzählung ein, «wie die Schönheiten eines Weibes beschaffen sein sollen: die Nase – ein Blütenkelch; die Lippen – ein Geschenkpäckchen in rotem Papier; der Oberarm – rund wie der Leib der Kaulquappe; das Rückgrat – zierlich wie das des Tigers; der Ellbogen – wie das Hühnchen im Ei; die Finger – wie die Staubfäden der Blume; die Hüften – wie die sturmbewegte Weide; das Knie – ein Kuchen; die Wade – wie das Fleisch des Aals. Genauso», so sprach mein Onkel Kantakukuruz, «waren die neun Schönen im Märchen. Und sie empfingen den Fremden mit Jauchzen und Zimbelschlag und führten ihn in die Gemächer des Palastes und badeten ihn und salbten seine Füße mit Narde und hüllten ihn in seidene Gewänder und setzten ihm eine reiche und fette Mahlzeit vor. Und als er, vom Wein erheitert, mit ihnen scherzen wollte, da zeigten sie sich willig und neigten sich ihm zärtlich zu, und er liebte sie alle neune. Aber eine von ihnen, die ihm die allerschönste schien, gewann er in seinem Herzen lieb, und ihretwegen blieb er Jahr um Jahr, neun Jahre lang. Und er liebte sie mehr mit jedem Tage, und sah er sie nur an, so ward sein Herz von Zärtlichkeit schwer wie eine Honigwabe. Da konnte er eines Nachts, während er sie in den Armen hielt, der süßen Bedrängnis seines Herzens nicht widerstehen, und das Siegel seines Mundes brach, und er gestand ihr die Liebe seines Herzens und fing an, in sie zu drängen: ‹Du bist schön›, so sagte er zu ihr, ‹zärtlich und erfahren in allen Liebeskünsten. Niemals trübt ein Schatten die Heiterkeit deines Lächelns, niemals stört auch nur ein trotziges Funkeln die Milde deines Blickes. Aber sage mir du – o sag es mir: liebst du mich auch so sehr, wie ich dich liebe?›

So sprach der Mann zu dem Mädchen, und als er kaum zu Ende gesprochen hatte, da ertönte ein Donnerschlag, der ihn um die Besinnung brachte. Und als er wieder zu sich kam, fand er sich in der Einsamkeit des Meeres schwimmen, im Kampf gegen die Wogen. Endlich erspähte ihn ein Kauffahrteischiff, und sie kamen herangerudert und fischten ihn aus den Wellen und brachten ihn in einen Hafen. Und sosehr er auch fortan sein Herz in Gram und Sehnsucht verzehrte, niemals fand er seine Insel wieder, noch gelang es ihm, zu erfahren, wo sie denn lag im weiten Meer.

So ging das Märchen meiner Amme.

Du ersiehst daraus», so fuhr mein Onkel Kantakukuruz mit seiner Erzählung fort, «daß meine Schüchternheit ihre Motive hatte. Denn nicht umsonst berichtet die Überlieferung von einem Fürsten, der einen Weisen seines Landes fragte: ‹Man soll die Frauen fürchten. Aber sage mir, du Weiser: warum hat Gott die Frauen aus einer Rippe geschaffen und nicht aus einem edleren Teile des Stammvaters?›

Sagte der Weise:

‹Vom Kopf – da wären sie zu stolz geworden; vom Auge – zu buhlerisch; vom Ohr – zu neugierig; vom Mund – zu schwatzhaft; vom Herzen – zu schmachtend; von den Händen – zu geschäftig; von den Füßen – zu beweglich. Von einem bescheidenen Teile Adams wurden sie erschaffen, und als Gott sie bildete, rief eine Stimme: Sei bescheiden! Sei bescheiden!›

Hast du aber», so fragte mein Onkel Kantakukuruz, «jemals eine bescheidene Frau gesehen?

Man erzählt zwar», so fuhr mein Onkel fort, «daß einmal ein Pope einem jungen Menschen, der sich dagegen sträubte, Nachbars Puja zu ehelichen, diesem gut zugeredet habe: ‹Sieh einmal, mein Lieber›, so habe er gesagt, ‹jetzt wenn du nach Hause kommst von deinen Geschäften, müde und abgearbeitet, was hast du da? Nichts hast du. In eine kalte, finstere Stube kommst du und findest keine Ordnung und kein Behagen, und niemand ist da, zu dem du von deinem Kummer und deinen Sorgen sprechen kannst . . .›

‹Ja, ja›, antwortete der junge Mann traurig.

‹Wenn du nun aber›, so fuhr der Pope fort, ‹verheiratet bist, und hast ein schönes, fettes Weib: Du kommst nach Hause: es ist warm in deiner Stube, die Lampe steht auf dem Tisch, und es ist hell und sauber, und du hast dein Essen, wie es dir schmeckt, und bist wie ein Fürst in deinem Hause . . .!›

‹Ja, ja!› sagte darauf der junge Mann, und seine Augen begannen zu leuchten.

‹Und hast du›, so fuhr der Pope eifrig fort, ‹in deinen Geschäften Sorgen und bist im Innersten betrübt: so kommt dein schönes, fettes Weib und nimmt dich in ihre Arme . . .›

‹Ja, ja!› sagte der junge Mann voll Feuer.

‹Nimmt dich›, so fuhr der Pope fort, ‹in ihre Arme und streichelt dich ganz zart . . .›

‹Ja›, sagte der junge Mann erhitzt, ‹ja!›

‹Und streichelt dich›, so fuhr der Pope fort,

‹und beginnt zu dir zu reden . . .›

‹Ja›, sagte der junge Mann, bereits außer Atem, ‹ja!›

‹Und redet›, so fuhr der Pope in Ekstase fort, ‹und redet – und redet – und redet – und redet – und redet dir die Galle aus dem Leib . . .›

Jedoch», so führte mein Onkel Kantakukuruz zu dieser Anekdote an, «ein Weib hat den Mund solange voll, solange ihr Schoß leer ist.

Es war aber», so setzte mein Onkel Kantakukuruz hinzu, «zu jener Zeit, von der ich dir berichte, Frühling in Maghrebinien, und nichts half mir in meiner Bedrängnis alle Weisheit der Alten.

Ein neuer Gospodor war nämlich in unsere Provinz gekommen, ein Mitglied des Hauses der Pungaschij, der alsbald in der Kreishauptstadt Bunikadrakului die Residenz bezog. Er hatte drei Töchter: Duduka, Mitika und Pisika, schön wie die Sterne.

Schön wie die Sterne», so fuhr mein Onkel Kantakukuruz mit seiner Erzählung fort, «waren sie alle, schön wie Berberfohlen. Ich sah sie, und mein Herz ward schwer von Zärtlichkeit wie eine Honigwabe, wie es in den Märchen heißt. Nicht aber konnte es sich entscheiden, welche von den dreien es am meisten liebe: Duduka, Mitika oder Pisika. Denn wie sollte ich erfahren, wie ihre Seelen waren?

Nun wird ja», so sagte mein Onkel Kantakukuruz, «behauptet, daß man den Charakter der Frauen an ihren Knien erkennen könne, und man erzählt sich von einem Manne, der davon im Hamam beim Tawli-Spiel erfahren hatte (das ist: ein Brettspiel, dem man im Westen den irreführenden Namen ‹Puff› gegeben hat): daß nämlich gutmütige Frauen runde Knie, boshafte dagegen spitze hätten. Jener Mann, so heißt es, ging nach Hause, zog die Decke von seiner Frau, die bereits im Bette lag, und betrachtete sie nachdenklich. ‹Gut bist du nicht›, sagte er endlich, ‹schlecht bist du auch nicht. Aber schmutzig bist du!›

Du ersiehst daraus», so sagte mein Onkel Kantakukuruz, «daß alles, was man über Frauen zu sagen weiß, verwirrend ist. Was jedoch die Reinlichkeit betrifft: Die Reinlichkeit kommt vom Glauben, spricht der Koran.

Überdies», so fuhr mein Onkel fort, «war es mir infolge meiner übergroßen Schüchternheit nicht ohne weiteres möglich, die Knie Dudukas, Mitikas und Pisikas zu besehen. Also beschloß ich, sie alle drei zu lieben: Duduka, Mitika und Pisika.

Wie aber», so fuhr mein Onkel fort, «sollte es mir möglich werden, die Blumen der Freude zu pflücken? Ich ging umher und seufzte wie du. Endlich bemerkte dies meine Amme, die gewisse Kassandra, und sie fragte mich nach dem Anlaß meiner Schwermut. Und als ich ihr diesen offenbarte, sagte sie: ‹Trinke, Söhnchen, ein Glas vom Weine von Kotnar!›

Nun ist aber», so sagte mein Onkel Kantakukuruz, «wie du ja weißt, der Wein von Kotnar der feurigste, den man aus allen Reben Maghrebiniens keltern kann, und man erzählt sich, daß einmal eine Maus, als sie einen Tropfen dieses Weines, der vom Faß geflossen war, aufgeleckt hatte, sich alsbald aufgerichtet, ihren Schnurrbart hochgebürstet und mit lauter Stimme gerufen habe: ‹Wo ist die Katze?!›

Jedoch es ging», so fuhr mein Onkel in seiner Erzählung fort, «auf Ostern, und als der Heiland erstanden war, schickte sich der Gospodar Pungaschij an, einen Ball zu geben. Alles, was Rang und Namen hatte in der Provinz, war dazu eingeladen.

Zu mir», so sprach mein Onkel Kantakukuruz, «kam der leibeigene Surudschju (das ist: der Postillon) des Gospodars und überbrachte mir die Bitte, das Fest des Statthalters zu zieren. Meine Schüchternheit ließ mich erst schwanken, aber meine Stellung in der Provinz verlangte, daß ich ging. Als ich darum die Kalesche bestieg, um nach Bunikadrakului in das Palais des Gospodars zu fahren, steckte mir meine Amme ein Fläschchen zu. Es enthielt aufs Maß genau ein Glas vom Weine von Kotnar.

Der Ball war glänzend. Gegen Mitternacht wurde der Kurdjuk (das ist: der Steiß des Fettschwanzhammels) gereicht, und die Gäste erlabten sich gierig, denn sie waren vom Tanz erhitzt und außer Atem, ihre Augen blitzten und ihre Wangen glühten wie die Rosen der Tale von Kirtschalij. Einzig ich allein war in meiner ungewöhnlich großen Schüchternheit den ganzen Abend an der Wand des Saals gelehnt und hatte mit den Augen die drei Schönen verfolgt, die in den Armen ihrer Tänzer dahinwirbelten wie Blütenblätter im Frühlingswind: Duduka, Mitika und Pisika.

Unter diesen Tänzern aber», so fuhr mein Onkel fort, «zeichnete sich besonders ein gewisser Kozarischtschjuk aus, von kleinrussischem Geblüt und dem niederen oder sogenannten Bagatelladel zugehörig, jedoch Beau der Provinz, ein Plauderer und Herzensbrecher, Tröster der Witwen. Sah ich ihn, so zuckte meine Hand nach der Börse, um einen Betjaren zu bestechen, daß er ihn töte. Denn ein Kantakukuruz», so sagte mein Onkel mit Würde, «tut nichts selbst, was er von andern besorgen lassen kann, besonders nicht, wo es sich um den niederen oder sogenannten Bagatelladel handelt.

Schon war man», so setzte mein Onkel seine Erzählung fort, «im Saale auf meine offenbare Verliebtheit und Blödigkeit aufmerksam geworden: mehrmals flogen Tänzerpaare an mir vorbei, die anzügliche Bemerkungen fallen ließen, wie etwa das Sprichwort: ‹Der Weise steht abseits, wenn die Böcke springen – denkt der Hammel›, oder: ‹Versuche nicht, die Großmutter mit deines Leibes Blöße zu erschrecken: sie kennt derlei . . .› Mein Blut kochte vor Scham und Zorn.

Nun hatte aber», so fuhr mein Onkel Kantakukuruz in seiner Erzählung fort, «jener gewisse Kozarischtschjuk, ein Fortschrittler, Anhänger westlicher Neuerungen, der keine Gelegenheit ungenutzt ließ, mit seiner freigeistigen Aufgeklärtheit zu prunken, einen photographischen Apparat mit sich gebracht, und nachdem er verkündet hatte, daß er imstande sei, mittels Magnesiumpulvers einen starken, wenn auch durchaus ungefährlichen Blitz zu erzeugen, der es uns ersparen würde, über Gebühr in unbequemen Stellungen auszuharren, erbat er sich vom Gospodar Pungaschij die Erlaubnis, zur ewigen Erinnerung an dessen hohe Gastlichkeit ein Gruppenbildnis aufzunehmen. Der Gospodar», so berichtete mein Onkel Kantakukuruz, «ein eitler Mann, willigte ein. Unter seiner Anleitung wurde die Gruppe nach Rang und Würden aufgebaut:

In den ersten beiden Reihen lagen und knieten in malerischen Stellungen die jungen Leute des niederen oder sogenannten Bagatelladels mit ihren Damen, Offiziere bis zum Hetmansrang sowie jugendliche Volontäre und Aspiranten – durchweg Beamte der niederen Bakschischstufen, Zöllner und Fiskale; umgeben waren sie von leibeigener Dienerschaft, die Tawasse (das ist:

Tabletts) trugen, beladen mit Kataif (das ist: Kuchen) und Baklawa (das ist: dasselbe), mit Alwitz (das ist: Zuckerzeug) sowie mit Schnäpsen wie Tzuika und Mastika.

In der dritten Reihe saßen auf Stühlen die Großbakschischeinnehmer, Oberpunkaschwenker, Steuereintreiber und andere Würdenträger mit ihren Damen: unter ihnen die Patschauras (das ist: die Huren) der Kreishauptstadt Bunikadrakului. Über sie erhöht, gleichfalls auf Sitzen, die Kaimakame und Gospodare der Nachbarprovinzen sowie die Vertreter der hohen Geistlichkeit, unter ihnen an einer der ersten Stellen der sehr große und gelehrte Wunderrabbiner von Sadagura, Rabbi Schalom Mardochaj. Neben ihnen die Lautari (das ist: die Musikanten). In der Mitte endlich, auf einem Gouverneursthron, den Vataf (das ist: der Anführer) der Poltéra (das ist: das Heer) an seiner einen und den Scharfrichter an der andern Seite, thronte der Gospodar Pungaschij, umrankt von seinen Töchtern Duduka, Mitika und Pisika.

Stehend endlich in der fünften der Reihen befand sich der hohe Adel der Provinz, die Hetmane und Obersten der Janitscharen.

Schließlich die letzten der Reihen, auf Stühle und Leitern gestellt, wurden gebildet von den Vertretern der Zünfte und Fachmannschaften, Schreibern und Gauklern, Tamburinschlägern und anderen.

Es hatte aber», so sagte mein Onkel Kantakukuruz, «der Gospodar, als Staatsmann erfahren in derlei Arrangements, angeordnet, daß alle der Anwesenden ganz ausnahmslos sich gegenseitig an den Händen gefaßt halten sollten, um so die brüderliche Verbundenheit aller Stände, Körper- und Völkerschaften, Rassen und Konfessionen des Vaterlandes zu bezeugen – in Wahrheit freilich (ein feine List, welche die hohe Staatsmannskunst des Pungaschij im hellsten Licht erscheinen läßt), um während der notwendigen Verdunkelung Diebstähle, Racheakte und Unflätigkeiten zu vermeiden.

Als einem Kantakukuruz, versteht sich», so berichtete mein Onkel weiter, «war mir der Ehrenplatz der fünften Reihe, unmittelbar hinter dem Gospodar Pungaschij selbst, zugewiesen worden, und der Duft aus den Dekolletés der Fräulein Duduka, Mitika und Pisika stieg mir in die Nase, betörender als alle Gewürze Arabiens. Er erregte mich bis zum Wahnsinn.

Kozarischtschjuk unterdessen», so fuhr mein Onkel Kantakukuruz erzählend fort, «hatte seinen Apparat zur Aufstellung gebracht, das Pulver aufgeschüttet und die Lunte angelegt. Auf sein Zeichen löschten die Kawassen (das sind: die Diener) die Kerzen. Flugs enteilte auch er zu seinem Platz in der ersten Reihe, den man ihm freigelassen hatte.

Als nun aber», so sprach mein Onkel Kantakukuruz, «in der Tat die letzte der Kerzen erloschen war, gedachte ich des Ratschlags meiner Amme, der gewissen Kassandra, und unter dem Vorwand, mich kratzen zu müssen, löste ich die Hände aus denen meiner Nachbarn los und vereinigte sogleich die Hand meines Nachbarn zur Linken (wenn ich nicht irre: eines Siktirbey) mit der meines Nachbarn zur Rechten (eines Futumides Trandafir, soweit mich mein Gedächtnis nicht im Stiche läßt). Indem ich aber», so sprach mein Onkel weiter, «auf diese Weise meine Hände zur freien Verfügung hatte, griff ich in meine Tasche, holte das Fläschchen meiner Amme, der gewissen Kassandra, hervor, setzte es an die Lippen und leerte es auf einen Zug.

Sogleich aber», so berichtete mein Onkel Kantakukuruz, «strömte es wie Feuer durch meine Adern. Dahin war alle Schüchternheit und Blödigkeit mit einem Schlage, und verwegen wandte ich mich der Woge von Betörung zu, die von den Nacken der drei Schönen vor mir aufstieg, nämlich von Duduka, Mitika und Pisika.

In diesem Augenblick», so spann mein Onkel seine Erzählung fort, «erschütterte ein ungeheurer Blitzschlag das Gouvernementspalais. Gläser splitterten, Scheiben klirrten, in die Schreie der Entsetzten mischte sich das Wiehern ausbrechender Pferde und die Flüche der Iswoschtschiks (das sind: die Kutscher) von der Auffahrt her. Ich aber», so sprach mein Onkel Kantakukuruz und zwirbelte nachdenklich seinen Bart, «nutzte den Tumult, so gut ich konnte. Und es dauerte ein Weilchen, bis die erste Kerze wieder brannte.

Am nächsten Morgen», so sprach mein Onkel Kantakukuruz, «bestellte mich der Gospodar zu sich. Sein Bart und seine Brauen waren versengt, trotzdem empfing er mich liebenswürdig, ja zärtlich. Indem er mein Ohrläppchen zwischen seine manikürten Finger nahm, sagte er kichernd: ‹Bist du gekommen›, so sagte er, ‹bist du auch in der Tat gekommen, du Teufelskerl! So eine Tollkühnheit! Aber›, so sagte der Gospodar, ‹so etwas gefällt mir, so etwas gefällt mir. Am liebsten würde ich dich immer um mich haben. Wohlan!› so sagte der Gospodar, ‹ein guter Strick soll lang und eine gute Rede kurz sein: Willst du mein Präfekt und Kaimakam in dieser Provinz werden?›

Ich stimmte zu.

‹Diesen Kozarischtschjuk freilich›, so setzte der Gospodar Pungaschij seine Rede fort, ‹müssen wir uns vom Halse schaffen. Schon lange widert er mich an mit seinen westlerischen Neuerungen. Wer weiß, was er zum Beispiel diesmal alles auf seiner Platte eingefangen hat! Aber›, so setzte der Gospodar hinzu und lächelte mich an, ‹so etwas wie du gefällt mir! Nichts hält ihn zurück, den Teufelskerl, nicht einmal die Uniform eines Onkels und Gospodars. Fürwahr: ein echter Kantakukuruz!›

Kozarischtschjuk», so endete mein Onkel Kantakukuruz, «wurde zur Grenzfestung Castrocaramba versetzt und fiel bald darauf im Kampf gegen aufständische Tataren.

Die Stellung eines Präfekten und Kaimakams unter dem Gospodar Pungaschij eröffnete mir eine Laufbahn zu den höchsten Ämtern des Staates. Schon bald nachdem ich genügend Einblick in seine Staatsmannskunst genommen hatte, gelang es mir, Pungaschij zu verdrängen und seine Nachfolge im Amte anzutreten. Als Gouverneur und Adelsmarschall der Provinz heiratete ich eine, wie du ja leider weißt, zwar häßliche und zanksüchtige, dafür aber ungemein vermögende und einflußreiche Dame, zu der ich in der Folge die Fräulein Duduka, Mitika und Pisika (verarmt und überdies aus Trauer über den gefallenen Kozarischtschjuk unverehelicht geblieben) hintereinander als Vorleserinnen nahm. So gut war der Ratschlag meiner Amme.

Darum», so schloß mein Onkel Kantakukuruz; «hast du Liebeskummer, so trinke, Söhnchen, ein Glas vom Weine von Kotnar!»

Was übrigens die Frauen Maghrebiniens betrifft, so ist es nicht richtig, wenn man behauptet, sie hätten ihre Stellung dem Manne gegenüber wesentlich verändert. Dieses unzutreffende Gerücht hat folgende Ursache:

Reiste nämlich früher ein Maghrebinier über Land, so ritt er, je nach Stand und Vermögen, auf seinem Esel oder seinem Pferd; die Frau lief hinterdrein. Nun will man kürzlich beobachtet haben, daß diese Sitte umgeschlagen sei: Zwar reitet der Maghrebinier nach wie vor, je nach Vermögen oder Stand, auf Esel oder Pferd; die Frauen aber laufen vorneweg.

Jedoch geschieht dies einzig wegen der vielen Minen, die seit dem letzten Kriege noch überall auf allen Wegen verstreut liegen. Am Verhältnis der Geschlechter zueinander hat sich nur wenig oder nichts verändert.

XIV. KAPITEL – WELCHES – IN LOSEM ZUSAMMENHANGE MIT DEM VORHERGEHENDEN [NÄMLICH IN HINBLICK AUF DIE LIEBE] – BEHANDELT EIN DINER ZU EHREN EINER ROTHAARIGEN – BEINHALTEND FERNER DIE ERWÄHNUNG DES GEIZIGEN WIRTES SCHORODOK.

In der Hauptstadt Maghrebiniens, Metropolsk, befindet sich an der Kreuzung der beiden wichtigsten Verkehrsadern, der Schossea Pungaschijlor (das ist: die Straße der Beutelschneider) und der Kalea Hotzijlor (das ist: die Gasse der Diebe), das weit über die Grenzen des Landes hinaus bekannte und berühmte Restaurant Tschina (das ist: das Abendmahl). Es liegt zwischen dem Nationaltheater zur einen und dem Palast der Karakriminalowitsch zur andern Seite. Es ist jenes für die Güte seiner Speisen und die Erlesenheit seiner Weine so berühmte Gasthaus, in dem sich einmal ein wenig einfallsreicher Ausländer den geschmacklosen Scherz erlaubte, die Türe aufzureißen und in den vollbesetzten Saal zu rufen: «Rettet euch! Alles ist herausgekommen!»

Innerhalb weniger Augenblicke war damals das Restaurant ein Schauplatz der Verwüstung, umgestürzter Tische, verschütteten Kaviars, zersplitterter und vergossener Weinkaraffen und Olivenschalen und zertretener Melonen. Nur mit Mühe gelang es auch, den zitternden Wirt, einen gewissen Schorodok, unter den Trümmern hervorzuholen und ihn zu überzeugen, daß es sich um (wenn auch einen schlechten) Spaß gehandelt habe.

Dieser besagte Schorodok war, nebenbei, ein sonderbarer Mensch, denn obwohl sich auf seiner Tafel die ausgesuchtesten Speisen in goldenen und silbernen Behältern türmten, und Weine, von denen jedes Maß in Perlen aufgewogen wurde, im Überfluß dazu strömten, war er ein ungewöhnlich sparsamer, ja, man kann sagen: geiziger Mann. Er war so knauserig, daß er einmal seiner Katze den Schwanz abschnitt, um Kohle zu sparen. Denn wenn er im Winter heizte und jene Katze hinausverlangte, so dauerte es ihm zu lange, bis sie ihren Schwanz, den sie für gewöhnlich waagrecht trug, durch die offene Tür führte, durch die dann mittlerweile die Kälte in die Stube eindrang, so daß seine Kohlen unnütz verbrannten. Also schnitt er ihn ihr ab.

Auch hatte dieser besagte Schorodok eine – wie man im Westen sagt – durchweg utilitaristische Weltauffassung. So zum Beispiel verfügte er über eine eigentümliche Erklärung des Phänomens der Jahreszeiten. Den Unterschied zwischen Sommer und Winter erklärte er folgendermaßen: «Ihr wißt», so sagte er, «daß man im Winter heizen muß. Wenn man aber heizt, so wird es warm. Wohin aber geht die Wärme? In die Luft», so sagte er, «geht die Wärme und steigt auf bis über die Wolken. Dort sammelt sie sich (nämlich: die Wärme) und es wird ihrer immer mehr und mehr, und sie wird schwerer und schwerer. Wenn sie aber so schwer geworden ist, daß sie sich nicht mehr halten kann in der Luft, die Wärme, dann fängt sie an zu sinken und sinkt tiefer und immer tiefer, bis sie wieder auf die Erde kommt. Ist sie aber wieder auf der Erde, so wird es warm, und es ist Sommer.»

«Schön», sagte man ihm, «jetzt wissen wir, warum es warm ist im Sommer. Warum aber ist es kalt im Winter?»

«Aus keinem andern Grunde», so pflegte Schorodok zu antworten, «als daß in der Natur alles zusammen- und voneinander abhängt. Wenn es nämlich warm ist im Sommer, weil man im Winter heizt, so ist es kalt im Winter, weil man nicht heizt im Sommer!»

Den Regen aber erklärte der besagte Schorodok folgendermaßen: «Der Regen», so sagte er, «kommt aus den Wolken. Die Wolken aber sind wie Schwämme, die sich vollgesogen haben mit Wasser. Nun ziehen diese Schwämme, vom Wind getrieben, über den Himmel. Von rechts kommen die Schwämme, von links kommen die Schwämme, und in der Mitte stoßen sie zusammen und drücken sich. Drückt man aber einen Schwamm, der voll ist von Wasser, so kommt das Wasser aus dem Schwamm heraus. Es fällt auf die Erde, und so entsteht der Regen.»

Verlangte man aber einen Beweis für diese Theorie, so antwortete Schorodok: «Was braucht ihr Beweise? Seht ihr denn nicht, daß es regnet?»

Dieser besagte Schorodok, Restaurateur und Inhaber des berühmten Etablissements Tschina (das ist: Abendmahl) von Metropolsk, ließ mir eines Tages bestellen, mein Onkel, der Bojar aus dem sehr ruhmreichen Geschlecht der Kantakukuruz, wünschte mit mir anläßlich eines feierlichen Gedenktags in seinem (nämlich: des Schorodoks) Speisehaus ein Diner zu nehmen. Am angegebenen Abend traf ich auch meinen Onkel dortselbst.

Er sagte: «Ich habe dich», so sagte mein Onkel Kantakukuruz, «mein lieber Neffe, bitten lassen, am heutigen Abend mit mir ein reichhaltiges und fettes Diner zu nehmen. Es ist nämlich», so sagte er, «ein Gedenktag in meinem Leben. Wir werden uns vorerst mit einigen Dutzend Schnäpsen stärken, sodann zu Tisch begeben, wobei ich dir erzählen will, welches der Anlaß dazu ist, daß ich diesen Tag so hoch in Ehren halte.»

Ich dankte meinem Onkel für seine verwandtschaftliche Verbundenheit. Nachdem wir einige Dutzend Schnäpse und Zakuskas zu uns genommen hatten, begaben wir uns zu Tisch, und mein Onkel begann:

«Ich war doch», so begann mein Onkel Kantakukuruz, «wie du ja weißt, Gospodar und Adelsmarschall unserer Provinz und Vorsitzender der Kommission zur Überprüfung der Lage der Bauern – als junger Mensch, verhältnismäßig, aber unser verewigter Herrscher, weiland Seine Majestät König Nikifor XIII., war, gleich seinem Sohne, unserem jetzigen König Nikifor XIV., ein fortschrittlicher Monarch. Überdies», so sagte mein Onkel, «gab es auch andere Gründe für meine überraschend schnelle Karriere, von denen ich dir, wenn ich mich recht entsinne, bereits an anderer Stelle berichtet habe.

Ich bewohnte also in der Provinzhauptstadt

Mamadrakului mein Gouvernementspalais und besaß überdies, unweit davon, neben den unermeßlichen Liegenschaften unserer Familie, ein mir von Staats wegen zuerkanntes Gütchen – nicht allzu groß, ein Volouptoir, vielleicht zwei-, dreitausend Seelen (seit ich älter zu werden beginne, entfallen mir die Nummern), mit einem Lustschlößchen, um mich von den Staatsgeschäften zu erholen. Es war, wie heute, Winter. Ich hatte eine kleine Gesellschaft auf dieses Lustschlößchen gebeten, einige Adelige wie ich und gewisse Regierungspersönlichkeiten des Kreises. Man hatte eine Spielbank, Zakuskas, Schnäpse, versteht sich, Champagner, versteht sich, und vielleicht zwei, drei Dutzend Zigeunermädchen– es ist ein Zufall, ich gedenke noch der Kleinigkeiten.

Vor allem aber», so sprach mein Onkel Kantakukuruz, «Kyra Kyralina –: eine herrliche Frau: rote Haare, grüne Augen und eine weiße Haut. Der Mensch braucht Entspannung.

Es war», so sagte mein Onkel Kantakukuruz, «um Jahre zurück, der Abend von heute. Ich wollte von meinem Gouvernementspalais im Schlitten zu dem Lustschlößchen fahren, ein Weg, nicht weiter als vielleicht fünfzig, sechzig maghrebinische Meilen (das ist: soviel wie etwas über dreißig Werst).

Vor dem Palais wartete der Iswoschtschik (das ist: der Kutscher), ein gewisser Wassilji, ein Kerl wie ein Baum, Kernmaghrebinier, du verstehst, de la vraie souche –: Haare und Bart wie ein Löwe, dazu ein Rücken, auf dem ich in den zwanzig Jahren, die er mir diente, siebenundfünfzig Stöcke und einen Regenschirm zerschlagen habe. Aber Regenschirme», so sagte mein Onkel Kantakukuruz, «sind westlerische Gewohnheiten. Nichts für unser Land.

Dieser besagte Wassilji war, nebenbei, ein Trunkenbold, und ich entsinne mich, daß ihn mir mein Vetter Pungaschij als einen ordentlichen und pünktlichen Menschen empfohlen hatte. Als ich nun herausfand, daß Wassilji trank, stellte ich Pungaschij darüber zur Rede. Was aber glaubst du, gibt mir der freche Mensch zurück? Er sagte: ‹Wie›, so sagte Pungaschij, ‹zweifelst du, daß er ordentlich und pünktlich ist? Ist er denn nicht an jedem Tage zur gleichen Stunde und mit Regelmäßigkeit betrunken?!›

Als ich aber den Kutscher Wassilji selbst darauf ansprach und ihm vorhielt, um wieviel besser er arbeiten würde, wenn er seinem Laster entsagte, antwortete er mir, freilich mit aller Unterwürfigkeit, die sich gegen unsereinen geziemt: ‹Bojerule›, so antwortete er, ‹ich arbeite, um zu trinken. Soll ich etwa nun nicht trinken, um mehr zu arbeiten? Wieviel mehr würde ich dann trinken?›

Also blieb er in meinen Diensten. Und in der Tat», so fügte mein Onkel Kantakukuruz hinzu, «er, nämlich jener besagte Wassilji, hatte recht:

denke daran –: wenn wir alles das noch hätten, was wir versoffen haben, was könnten wir jetzt saufen!

An jenem Abend nun», so fuhr mein Onkel Kantakukuruz mit seiner Erzählung fort, «dessen Gedenken wir heute feiern, wartete der Iswotschtschik Wassilji vor dem Gouvernementspalais mit meiner Troika – herrliche Traber aus dem Gestüt des Siktirbey. Kyra Kyralina – eine wundervolle Frau – rote Haare, grüne Augen und eine weiße Haut! – neben mir. In einem Pelz, außen Zobel, innen Hermelin, was ich hatte ihr geschenkt. Ich gebe dem Iswoschtschik meine Befehle. Wir fahren ungefähr fünfzehn, achtzehn Meilen. Ein Abend wie dieser: Frost, daß die Krähen tot aus dem Himmel fallen. Wir fahren noch vielleicht ein, zwei Meilen – plötzlich bemerke ich: der Iswoschtschik, der gewisse Wassilji, er dreht sich um, er bricht die Eiszapfen von seinen Wimpern, er schaut zurück, er schaut nach vorn, er schaut wiederum zurück. Plötzlich beginnt er die Pferde wie wahnsinnig zu peitschen.

Nun muß ich dir», so berichtete mein Onkel weiter, «aber sagen, daß der Iswoschtschik, der gewisse Wassilji, besonders wenn er getrunken hatte, es liebte, mit den Pferden rüde umzugehen, und als ich ihn dieserhalben oftmals vergeblich verprügelt hatte, fiel mir kein anderes Mittel ein, als ihm, dem abergläubischen Bauern, von der Seelenwanderung zu erzählen: ich sagte ihm, in jedem Pferde stecke die Seele eines Abgeschiedenen, in der des Pferdes jedoch, das er damals gerade schlug, die unseres gottseligen Archimandriten, des Patriarchen von Metropolsk. Wassilji aber meinte kaltherzig: ‹Wenn es so ist, Bojerule›, so meinte er, ‹und Seine Heiligkeit hat sich vorgenommen, zu sein ein Pferd –: soll er dann auch ziehen!›

An jenem Abend aber», so fuhr mein Onkel Kantakukuruz mit seiner Erzählung fort, «dessen Gedenken wir heute feiern, hatte ich ihm noch nicht zugerufen: ‹Kerl, was schlägst du die Pferde!›, als er sich zu mir drehte und schrie: ‹Bojerule›, so schrie er, ‹Wölfe hinter uns!›

Kyra Kyralina – eine herrliche Frau: rote Haare, grüne Augen und eine weiße Haut – neben mir.

Ich sage zu dem Iswoschtschik (das ist: der Kutscher), dem gewissen Wassilji: ‹Kerl›, so sage ich, ‹fahr zu, wenn dir dein Leben lieb ist. Entweder nämlich›, so sage ich, ‹fressen dich hier die Wölfe mit uns auf, oder›, so sage ich, ‹du kommst ohne uns nach Hause und verdirbst in der Katorga. Fahr zu, ich bin in Eile, ich habe Gäste.›

Kyra Kyralina – eine herrliche Frau: rote Haare, grüne Augen und eine weiße Haut – neben mir.

Der Iswoschtschik, er peitscht die Pferde nach Kräften, die Pferde, sie jagen – wundervolle Traber aus dem Gestüt des Siktirbey. Wir fahren noch etwa sieben, acht Meilen, plötzlich bemerke ich: die Pferde beginnen zu erlahmen. Der Iswoschtschik, der gewisse Wassilji, er dreht sich um, er sagt zu mir: ‹Bojerule›, so sagt der Iswoschtschik, ‹es ist unmöglich. Die Pferde, sie sind erschöpft. Ich selber, ich bin müde, ich kann sie nicht mehr prügeln. Der Bojar, er selber beginnt zu erlahmen, er kann mich nicht mehr prügeln – ich spüre es kaum mehr. Bojerule! Der Schlitten ist zu schwer. Es muß ein Opfer gebracht werden!›

Kyra Kyralina – eine herrliche Frau: rote Haare, grüne Augen und eine weiße Haut... Sie hat gräßlich geschrien...»

Mein Onkel, ein großer Herr, ein Bojar aus dem Geschlecht der Kantakukuruz, ehemals Gospodar und Adelsmarschall unserer Provinz und Vorsitzender der Kommission zur Überprüfung

der Lage der Bauern, zerdrückte eine Träne in seinem Auge. Sie fiel auf einen Ring, den er an seinem Finger trug, einen schlichten Goldreif, und glänzte darauf wie ein Karfunkel.

«Kyra Kyralina», so seufzte mein Onkel Kantakukuruz, «ich habe sie sehr geliebt. Sie war dabei gar nicht mehr die Allerjüngste, aber von reifer Schönheit, vor Süße berstend wie ein Granatapfel –: rote Haare, grüne Augen und eine weiße Haut – Perlenzähne … Einmal freilich, als sie zu heftig tanzte, hatte sie sich mit dem Tamburin einen der Backenzähne eingeschlagen – hier diesen, der siebte Mesial, und ich hatte ihn ihr durch unseren Zahnarzt – du entsinnst dich: den gewissen Seligmann – durch ihn hatte ich ihr die Lücke mit Gold füllen lassen. Daraus», so sagte mein Onkel und seufzte schwer, «ist dieser Ring. Ich trage ihn als Souvenir …»

Schweigsam und in Erinnerungen versunken, beendeten wir unser Diner, und nachdem wir Käse, Obst, Likör, Konfekt und Nüsse sowie Mokka und Kognak zu uns genommen hatten und zu den Zahnstochern griffen, sagte ich zu meinem Onkel: «Ich danke dir», so sagte ich zu ihm, «mein lieber Onkel, für das Zeichen der Zuneigung und des Vertrauens, das du mir gegeben hast, indem du mir eine Herzensangelegenheit wie die Sache mit Kyra Kyralina mitteiltest. Vor allen Dingen aber», so sagte ich, «wird es mir stets unvergeßlich bleiben, daß du, um sie mir mitzuteilen und diesen Gedenktag mit mir zu begehen, mich zu einem so reichen und fetten Diner eingeladen hast.»

«Wie sonderbar», so entgegnete darauf mein Onkel, «während ich dir hier erzähle, denke ich die ganze Zeit darüber nach, wie ungemein liebenswert es von dir ist, diesen meinen Gedenktag mit einem so reichhaltigen und fetten Diner zu ehren.»

«Wie», sagte ich dagegen, «sollte ich imstande sein, so etwas zu tun, da doch meine Partei gegenwärtig nicht am Ruder ist? Wie, glaubst du, mein lieber Onkel, sollte ich unter so mißlichen Umständen das Geld dazu haben?»

«Wie aber», so erwiderte mein Onkel Kantakukuruz, «sollte ich anderseits meine Partei so diffamieren, daß ich in Zeiten, da sie an der Regierung ist, ein so reiches und fettes Diner ausgebe? Man würde uns unweigerlich für Unterschläger und Diebe halten.»

«Du hast», so fragte ich meinen Onkel Kantakukuruz, «sonach auch kein Geld bei dir?»

«Nein», entgegnete mir mein Onkel, «nicht das Schwarze unterm Nagel.»

Ich betrachtete den Nagel meines Onkels.

«Es ist», so sagte mein Onkel abschließend, indem er seinen Finger versteckte, «für einen Edelmann peinlich, Zechschulden zu machen. Wir müssen die Angelegenheit auf andere Weise erledigen.» Damit erhob er sich würdevoll und verschwand.

Ich war gerade im Begriff, ein gleiches zu tun und den Hinterausgang zu wählen, als mein Onkel wiederum erschien, begleitet vom Wirt, dem knauserigen Schorodok, der sich unterwürfig verneigte. Mit ihm waren sämtliche Kellner, Kawassen, Schweizer und Mokkazwerge des Restaurants Tschina (das ist: das Abendmahl), sogar der Koch und dessen Frau, sowie die Katze mit dem abgehackten Schwanz, und nur die Schaben aus den Herdritzen fehlten, um den Zug zu vervollständigen. Unter zahlreichen Ehrenbezeigungen wurde ich zurückgehalten, man stellte eine neue Speisenfolge zusammen, sogar das Tischtuch wurde gewechselt, der Champagner floß in Strömen. Die Kapelle des berühmten Zigeuners Gjorgjewitsch Janku wurde an unsern Tisch befohlen und spielte unablässig, namentlich das Lieblingslied meines Onkels Kantakukuruz, nämlich die Tschjokarlije (das ist: die Lerche). Schorodok entsandte einen Boten zum Nationaltheater, um einige Damen zu unserer Unterhaltung herbeizubitten. Zu unserer peinlichen Überraschung kam der Bote mit dem Bescheid zurück, die Damen bedauerten, heute nicht frei zu sein: morgen stünden sie zur Verfügung. Schon wollte mein Onkel aufbegehren, denn eine solche Antwort war noch niemals einem Kantakukuruz zuteil geworden, am wenigsten dem ehemaligen Gospodar und Adelsmarschall der Provinz Mamadrakului sowie Vorsitzenden der Kommission zur Überprüfung der Lage der Bauern. Glücklicherweise aber stellte es sich heraus, daß der Bote falsch gegangen war und beim Palast der Karakriminalowitsch im Flügel der Prinzessinnen angefragt hatte. Man bereinigte den Irrtum.

Spät am nächsten Morgen erst verließen wir das Restaurant Tschina (das ist: das Abendmahl), vom gesamten Gesinde begleitet. Schorodok bestellte, da wir unsere Schlitten nicht bei uns hatten, einen Birdschar (das ist: ein Mietkutscher), den er im voraus bezahlte, und unter den Klängen der Tschjokarlije und den Segenswünschen des Personals sowie der Künstlerinnen vom Nationaltheater fuhren wir davon.

«Was ist geschehen?» fragte ich meinen Onkel, nachdem wir in sicherer Entfernung waren.

«Es ist», so entgegnete mein Onkel, «einem Bojaren von Geblüt nicht gemäß, Wirtshausschulden zu machen. Als ich mich daher von unserem Tisch entfernte, begab ich mich, wie es nach einem so reichen und fetten Diner natürlich ist, hinaus. Sodann ließ ich den Schorodok zu mir kommen und sagte zu ihm: ‹Ich bin, mein lieber Schorodok›, so sagte ich, ‹neben meinen anderen, teils neben- und ehrenamtlichen Staatsgeschäften, durch die gütige Gnade Seiner Majestät unseres Monarchen, des Königs Nikifor XIV., gestern zum Vorsitzenden der Kommission zur Überprüfung der sanitären Anlagen in den Gaststätten des Landes berufen worden. Ich komme soeben›, so sagte ich, ‹was Ihr Restaurant Tschina (das ist: das Abendmahl) betrifft, von dortselbst. Es wird Ihnen›, so sagte ich zu ihm, ‹mein lieber Schorodok, bei aller Sympathie, die ich für Sie empfinde, sowie bei allen Diensten, die Sie mir und allen meines Namens erwiesen haben mögen, sehr schwerfallen, meine Empörung zu beschwichtigen.›»

«Hat er sie beschwichtigt?» fragte ich.

«Er hat», erwiderte mein Onkel Kantakukuruz.

«Ein Kantakukuruz», entgegnete ich, «läßt seine Empörung nicht durch eine Mahlzeit beschwichtigen.»

«Ein Kantakukuruz», so gab mein Onkel zurück, «läßt nicht.»

Nachdem mein Onkel so gesprochen hatte, schwiegen wir eine Weile, während wir zum Schellenklingeln der Pferde unter den bereiften Akazien der Schossea Pungaschijlor über den Schnee glitten. Dann sagte ich zu meinem Onkel: «Es ist», so sagte ich zu ihm, «wie du ja weißt, mein lieber Onkel, unter der segensreichen Regierung unseres Monarchen, Seiner Majestät des Königs Nikifor XIV., eine Bestrebung im Gange, derzufolge jüngere Kräfte, insonderheit von seiten der regierungsfeindlichen Opposition, in erhöhtem Maße zur Überprüfung der ordnungsgemäßen Abwicklung der Staatsgeschäfte herangezogen werden sollen. Im Verlaufe dieser Strömung», so sagte ich, «hat man mich gestern zum Vorsitzenden der Kommission zur Unterbindung des Bestechungsunwesens bei öffentlichen Körperschaften und Behörden berufen. Du bringst mich», so sagte ich, «mein lieber Onkel, in einen peinlichen Zwiespalt verwandtschaftlicher Gefühle mit der Pflicht dem König und dem Vaterlande gegenüber.»

Seufzend und mit einigen Bemerkungen über meine Mutter zog mein Onkel eine Brieftasche, auf der ich das Monogramm des Schorodok erkannte. «Ein Viertel», sagte er.

«Drei Viertel!» sagte ich.

Da wir Verwandte waren, einigten wir uns auf die Hälfte.

Damit erreichten wir das Stadtpalais der Kantakukuruz – es war, nebenbei, ein bescheidener Palast – «Aber bedenke», so pflegte mein Onkel zu sagen, «ich war schließlich nur vier Jahre lang Minister . . .» – Der Birdschar (das ist: der Mietskutscher) sprang vom Bock, verneigte sich unterwürfig, wie es sich gegenüber unsereinem geziemt, dankte für die Ehre, zwei so mächtige und vornehme Bojaren gefahren zu haben, und fügte hinzu: «Selten», so fügte der Birdschar hinzu, «haben die Geschäfte der Bojaren, die zu fahren ich die Ehre hatte, mein Herz im gleichen Maße erquickt. Ich bin sicher, daß die Geschichte Ihrer, meiner Herren Bojaren, amtlichen Pflichterfüllung noch die Enkel meiner Nachbarschaft erheben und sogar bis zu den Stufen des Thrones unseres Monarchen und somit zu den Ohren seines Polizeiministers gelangen wird – wenn nicht die ehrwürdigen Bojaren belieben sollten, meinen schwatzhaften Mund mit einem kleinen Bakschisch zu versiegeln.»

Darauf prügelten wir den Birdschar (das ist: der Mietskutscher), schirrten ihm die Pferde aus und banden ihn, mit den Füßen voran, an die Stränge. Sodann jagten wir die Pferde davon (es waren alte und abgehetzte Tiere).

«Soweit kommt es», sagte mein Onkel Kantakukuruz erbost, «mit den fortschrittlichen Ideen unseres Monarchen, Seiner Majestät des Königs Nikifor XIV. Scherze mit dem Sklaven, bald wird er dir den Hintern zeigen.»

XV. KAPITEL – WELCHES BERICHTET VON EINEM GLIEDE EINES ANDEREN – DEM LESER BEREITS HINLÄNGLICH BEKANNTEN – BOJARENGESCHLECHTES – NÄMLICH DEM JUNGEN – ÜBERAUS SCHÖNEN UND REICHBEGABTEN – VON DER NATION ALS LIEBLING VEREHRTEN AKIF ZADIK AUS DEM HAUSE DER SIKTIRBEY – SOWIE VON DESSEN ROMANTISCHER BIOGRAPHIE. KÜRZER AUCH ZU BETITELN ALS DAS KAPITEL VOM KUNSTSCHWEIN.

Von den noblen Bojarengeschlechtern des großen und ruhmreichen Landes Maghrebinien kommt, wie wir erfahren haben, keines an Glanz und Reichtum wie auch an Vornehmheit der Abstammung an die Häuser der Kantakukuruz und der Pungaschij heran, es sei denn, wie gesagt, mit einigem Abstand das der Siktirbey.

Diesem Geschlecht entstammt mein Freund, Cousin und Milchbruder, Akif Zadik Zade Siktirbey, den die Nation als ihren Liebling verehrt und huldigt.

Die Biographie des überaus schönen und reichbegabten Jünglings ist die folgende:

Er ist der Erstgeborene des Voronkutza Siktirbey, Sohn des Ministers und Kaimakams der Herzprovinzen Maghrebiniens, Tysmanien und Manipulien, und seiner huldreichen Gemahlin Fiokla, einer geborenen Kantakukuruz. An der romantischen Liebesgeschichte des erlauchten Paares nahm die Nation geschlossen Anteil.

Durch die Jahrhunderte nämlich hatte, wie wir wissen, zwischen den Geschlechtern der Kantakukuruz, der Pungaschij und der Siktirbey die maghrebinische Vendetta gewütet, so daß schließlich, genealogisch gesprochen, der Ahnenschwund (das ist: das wiederholte Auftreten gleicher Erzeugerpaare in den Geschlechterfolgen) so groß, die Blutsverwandtschaft so innig geworden war, daß der Archimandrit und Patriarch von Metropolsk, das Oberhaupt der maghrebinischen Kirche, eheliche Verbindungen zwischen Abkömmlingen der obenerwähnten Sippen als blutschänderisch verbot. Umgekehrt wie bei Romeo und Julia also, deren Häuser verfeindet waren, sahen sich Fiokla Kantakukuruz und Voronkutza Siktirbey aus Gründen engster Verbundenheit ihrer Familien vor ein schier unüberwindliches Hindernis gestellt, als sie einander begegneten und auf den ersten Blick bis zum Verzehren liebten.

Diese Begegnung fand auf den unermeßlichen Liegenschaften meines seligen Großvaters der mütterlichen Linie, nämlich des Dworniks Aurel Kantakukuruz, statt und ist mir daher in allen Einzelheiten getreulich überliefert.

Es begab sich nämlich, daß mein hochseliger Herr Großpapa, begleitet von dem jungen Siktirbey, gerade von einer Reise in dienstlichen Obliegenheiten auf seine Latifundien zurückkam, als auf den Feldern die Ernte eingefahren wurde. Während die beiden Herren, scherzhaft miteinander plaudernd, wie es unter Verwandten üblich ist, von dem Iswoschtschik im Sechserzug zum Konak gefahren wurden, gewahrten sie, daß sich die jungen Leute der Dorfgemeinde vor einem der riesig aufgetürmten Heuschober versammelt hatten, um sich auf eine offensichtlich neuartige Weise zu vergnügen.

«Was», fragte mein Großpapa den Iswoschtschik (nebenbei ein Diener unseres Hauses von Kindheit auf), «geht hier vor?»

«Halten zu Gnaden, ehrwürdiger Bojar», erwiderte der Kutscher, «Es ist das unser neuestes Gesellschaftsspiel.»

Onkel und Neffe tauschten einen Blick. «Erkläre mir die Regeln», befahl mein Großpapa.

«Es geht», erwiderte der Iswoschtschik (wie gesagt: ein Diener unseres Hauses von Kindheit auf), «folgendermaßen vor sich: Es stecken die Weiber ihren Kopf ins Heu. Sodann nahen sich ihnen die Burschen. Erkennt das Weib den Burschen, so zahlt das Weib eine Lewonze Strafe. Erkennt das Weib den Burschen nicht, so zahlt der Bursche die Lewonze.»

Onkel und Neffe tauschten einen Blick. «Halte an», befahl mein Großpapa dem Kutscher, «damit auch wir uns an diesem Spiel versuchen.»

Aber: «Halten zu Gnaden, ehrwürdiger Bojar», erwiderte der Iswoschtschik, «möchte ich abgeraten haben.»

Onkel und Neffe tauschten einen Blick: «Was?» sagte mein Großvater, ein Grollen in der Stimme, «du erdreistest dich ...»

Aber: «Halten zu Gnaden, ehrwürdiger Bojar», erwiderte der Kutscher (ein Diener unseres Hauses von Kindheit auf), «möchte ich trotzdem abgeraten haben. Hat nämlich», so fuhr er fort, «erlauchte Familie in letzten Wochen Pech im Spiel. Gnädigste Bojarin und gnädige Fräulein Töchter haben bereits zusammen über sechshundert Lewonzen verloren.»

So wenig verständig beurteilt das Volk die Vergnügungen der Großen.

Ohne darum weiter auf die Bedenken des Kutschers zu achten, sprangen die beiden Bojaren, der Dwornik Kantakukuruz nebst seinem Neffen Voronkutza Siktirbey, vom Wagen und mengten sich unter die Spielenden. Dabei sollte sich die erste Begegnung des später so berühmten Liebespaares und jene Gebärde der jugendlichen Fiokla ereignen, deren Anmut und holde Ausdrucksfülle symbolisch für den Zauber der maghrebinischen Mädchenschaft geworden ist.

Es war nämlich im Zyklus des Gesellschaftsspiels gerade die Reihe an Fiokla gekommen, als die beiden Bojaren den Tummelplatz erreichten. Ihr Köpfchen steckte im Heu. Mein hochseliger Großpapa, der Dwornik Kantakukuruz, machte den Umstehenden Zeichen, sein unerwartetes Kommen nicht durch Ausrufe zu verraten, und trat als erster an sein Töchterchen heran. Alsbald flog auch das treuherzige Kind mit dem Jubelruf: «Papa!» herum –: da gewahrte sie neben ihrem Vater den jugendlichen Voronkutza Siktirbey. Die Blicke der beiden jungen Menschen tauchten ineinander. Voronkutza stand, von ihrer Schönheit betroffen, versteinert. Fiokla aber errötete, und mit einem Lächeln, das Schamhaftigkeit mit schmelzender Hingabe vereinigte, wandte sie sich zurück und steckte das Köpfchen wiederum ins Heu.

Diese Gebärde, von allen Umstehenden mit einem donnernden «Heil!» belohnt (und, nebenbei, auch von der Lyrik unseres Heimatlandes aufgenommen und klassisch gemacht), stand am Anfang der berühmten Liebesgeschichte, der sich alsbald das unüberwindliche Hindernis des Heiratsverbots entgegentürmen sollte.

Sowohl das Haus der Kantakukuruz wie auch dasjenige der Siktirbey (und der Pungaschij, versteht sich) hielten nämlich streng auf die Befolgung des Verbots des Patriarchen, teils aus religiösem Gehorsam, teils auch, um die hehre Tradition der maghrebinischen Vendetta, jenen von Urvätern überkommenen Brauch der wechselseitigen Weiberschändung, nicht durch eheliche Legitimierung zu verfälschen. So mußte die auf der Stelle erfolgte Werbung Voronkutza Siktirbeys um Fioklas Hand von meinem Großpapa, dem Dwornik Kantakukuruz, mit ebensoviel gütigem Verständnis wie würdiger Entschiedenheit abgewiesen werden. Voronkutza, von der Leidenschaft verblendet, stieß einen grauenhaften Fluch aus, und nachdem er Fiokla noch einmal angeblickt, kehrte er auf dem Fuße um und verließ die Latifundien der Kantakukuruz. Fiokla fiel in Ohnmacht und wurde besinnungslos vor Schmerz in den väterlichen Konak gebracht. So endete der schöne Tag in Kummer und Betrübnis.

Voronkutza aber hatte sich ohne weiteren Aufenthalt per Kalesche nach Metropolsk begeben, wo er in einem Kniefall vor dem Monarchen, weiland Seiner Majestät König Nikifor XIII., sowohl wie auch in einem barfüßigen Bittgang vor den Patriarchen um Dispens vom unseligen Heiratsverbot ansuchte. Jedoch beide Fürstlichkeiten, die weltliche wie auch die geistliche, zeigten sich unnachgiebig.

Inzwischen hatte sich die Kunde von der Liebe der beiden jungen Menschen mit erstaunlicher Geschwindigkeit unter dem Volk verbreitet, und die Dichter der Nation nahmen sich des Gegenstandes lebhaft an und verherrlichten ihn in ihren Liedern. Die jungen Mädchen des Landes träumten sich in die Rolle der Fiokla Kantakukuruz, von der man wußte, daß sie seit der Trennung von dem Geliebten jegliche Nahrung verweigerte. Die Jünglinge wiederum befeuerten sich am Beispiel Voronkutza Siktirbeys, der, nachdem er vom Monarchen sowie vom Patriarchen abgewiesen worden war, dreimal vor den Palast der Karakriminalowitsch und dreimal vor die Kathedrale spuckte, sich um seiner Liebe willen von Nation und Kirche und endlich von seinem eigenen Geschlecht lossagte und schwor, mit welchem Mittel immer, und sei es mit Kampf und Mord, in den Besitz der Geliebten zu gelangen. Vor allem aber das Gesellschaftsspiel, in der Laune eines Spätsommernachmittags von heiteren Müßiggängern erfunden, wurde Volksgut und an allen Plätzen und Orten des Landes zu jeder freien Stunde von der Jugend der Nation mit Begeisterung ausgeübt. Der Bevölkerungszuwachs stieg nicht zuletzt dadurch in wenigen Jahren so sehr an, daß König Nikifor XIII. jenen politisch so weitschauenden Plan fassen konnte, der zwei Jahrzehnte später auch zur Ausführung kam, nämlich den Überfall auf die Vosnier und die Vermehrung des Landes um die Provinz Tschernahora, welches wiederum zum Kriege gegen die Türken und zum Verlust der blühenden Provinzen Tusmien und Teskowina führte – in welch letzterer bedauerlicherweise auch die unermeßlichen Latifundien der Kantakukuruz gelegen waren. Man mag daraus ersehen, welch geringer Anstoß oft zu umwälzenden Veränderungen in der Geschichte führt.

Die Leidenschaft der beiden Liebenden hatte sich indessen um nichts vermindert. Fiokla, bis auf die Knochen abgemagert und zur Erschöpfung geschwächt, drohte zu sterben. Da beging Voronkutza Siktirbey den Schritt, der ihn endgültig von allen durch Geburt und Erziehung überkommenen Traditionen trennte. Indem er vor den Imam von Tschiklükümli (ein Örtchen im äußersten Südosten des Landes) trat und mit inbrünstiger Überzeugung die Worte sprach: La ilaha illallah mohammada – rassul allah! –, entsagte er der Religion der Väter und bekehrte sich zum Islam, somit die Berechtigung erringend, zu heiraten, wen er wollte, und neben Fiokla noch drei rechtmäßige Gattinnen zu halten (denn nur dem Propheten selbst ist es gestattet, neun zu haben). Sodann jagte er, begleitet von einer Schar Verwegener, von Tschiklükümli in die Teskowina, überfiel den Konak der Kantakukuruz, nahm Rache im Sinne der maghrebinischen Vendetta und raubte Fiokla. Man erzählt sich, das arme Kind, bereits hart am Rande des Grabes, hätte sofort nach der Vereinigung mit dem Geliebten ein Schwein verlangt und es, das letzte ihres Lebens (denn sie trat, gleich Voronkutza, zum Islam über), auf einen Sitz verspeist. Nachdem sie so wiederum zu Kräften gekommen war, entflohen die beiden und verbargen sich, von der Bevölkerung heimlich versteckt und mit allem Nötigsten versehen, in einer Hütte in den Bergen.

Diese Vorsicht erwies sich auch als begründet, denn König Nikifor setzte einen hohen Kopfpreis auf die Frevler aus und befahl der Poltéra, die Jagd auf sie aufzunehmen. Zum Glück konnte eine höhere Bestechungssumme, von der Jugend der Bevölkerung in heimlichen Kollekten aufgebracht, den standortkommandierenden Vataf der Landschaft, in welcher sich die beiden verborgen hielten, veranlassen, seiner Pflicht mit nicht mehr als gewöhnlichem Eifer nachzugehen. Aber die Popen des Landes hetzten, auf Befehl des Patriarchen, von den Kanzeln gegen die Abtrünnigen und senkten manchen Zweifel in die Gemüter. Und nur so konnte es geschehen, daß die Rachgier der eigenen Geschlechter, nämlich der Kantakukuruz sowohl wie auch der Siktirbey, schließlich einen Weg zum grausigen Erfolge fand.

Zwischen Farnen und würzig duftenden Kräutern, auf dem grünen Moos des Waldes, genas Fiokla eines Knaben, den sie Akif Zadik Zade nannten. Er war schön wie ein Reh. Seine Geburt zu feiern, hatten sich die Treuesten der Treuen von den Freunden des romantischen Paares eingefunden, meist junge Leute aus dem Volke, Bauern, Hirten und Beamte der niederen Bakschischklassen. Unter sie aber hatten sich – durch Verrat! – gemischt, bis zur Unkenntlichkeit verkleidet, zwei Vettern, nämlich der heißblütige, die Ehre seines Geschlechtes eifervoll überwachende Rutzu Kantakukuruz, und der böse, finstermienige Vlaiku Siktirbey. Als es, wie in Maghrebinien üblich, zum Khef (das ist: die Ruhepause nach dem Festmahl) kam, bemächtigten sich die beiden der Böller, die abgeschossen worden waren, luden sie neuerlich und jagten eine scharfe Petarde in die Hütte mit den arglos Rastenden. So vermengten sich die zerfetzten Leiber Fioklas und Voronkutzas, des klassischen Liebespaares, mit dem Fleisch der Freunde aus dem Volke – ein wahrhaft symbolischer Akt, der gleichfalls in zahllosen Balladen und Romanzen von den Dichtern Maghrebiniens aufgenommen worden ist.

Wie durch ein Wunder aber blieb der Knabe, Akif Zadik Zade, unbeschädigt. Rutzu Kantakukurutz entdeckte ihn unter den Trümmern der Hütte bei der Beschäftigung, den Leichen die Ringe abzuziehen, und nahm ihn in einer Aufwallung von Mitleid und Treue zum eigenen Blut mit sich. Unter falschem Namen wurde Akif Zadik Zade an die zweite der kürbisförmigen Brüste meiner Amme angeschlossen und wuchs als mein Gespiele und Milchbruder mit mir heran.

Aber nicht lange sollte seine wahre Abkunft verborgen bleiben, denn je mehr das Kind erwuchs, um so größer wurde seine Schönheit und um so offenbarer die erstaunlichen, ja wunderbaren Gaben seines Geistes sowie die Größe seiner Seele. Wer immer ihm begegnete, liebte ihn auf den ersten Blick, als wäre der Zauber, der dereinst seine unglücklichen Eltern so zwingend vereinigt hatte, ganz auf ihn allein übergegangen. Von Lehrern und Verwandten, aber vornehmlich von allen Einfachen, mit unverdorbenen Gemütern Gesegneten, von den Leuten aus dem Volke also, gleichermaßen geliebt, wuchs er zum Jüngling heran, und die Kunde – ein von Mund zu Mund verbreitetes Gerücht zuerst –, daß er der Sprößling aus der Verbindung der unvergessenen Liebenden und kein anderer sei, verbreitete sich über das ganze Land. Mit dem Tode des unversöhnlichen Monarchen Nikifor XIII., dem bald auch der Patriarch von Metropolsk ins Grab folgte, setzte der neue, fortschrittlich gesonnene König, Nikifor XIV., den jungen Akif in das Erbe seines großen Namens und der damit verbundenen Standesprivilegien sowie auch des unermeßlichen Vermögens der Siktirbey ein. An diesem Tage schoß man mit Kanonen. Die Bevölkerung erklärte ihn zum Liebling der Nation.

In der Tat waren auch seine Gaben über die Maßen glänzend, und nur zwei Eigenschaften trübten die Vollkommenheit seines Glücks: er hatte erstens (wiewohl er wieder im Glauben der Väter erzogen war) eine unüberwindliche Abneigung gegen Schweinefleisch; zweitens aber war er nicht imstande, zu lachen. Besonders die letztere Beschränkung versetzte das Volk der Maghrebinier, das von Natur aus heiter ist, in Betrübnis, und nichts blieb ungeschehen, was versucht werden konnte, um ihn davon zu befreien. Nicht nur gaben sich sämtliche Freunde und Verwandte, ja jeglicher dienstbare Geist in seinem üppigen Haushalt die unablässigste Muhe, ihn durch Scherze jeglicher Art und allerhand komische Verwechslungen und Verwicklungen, Maskenfeste und lebende Bilder aufzuheitern –: Akif Zadik Zade schien darüber nur noch trübsinniger zu werden. Gauklertruppen aus allen Teilen des Landes strömten zu seinem Palast in Metropolsk und setzten ihren Ehrgeiz daran, ihm auch nur ein Lächeln zu entlocken – vergebens. Der größte unter den großen Spaßmachern der Nation, Karaghijos persönlich, unwiderstehlich für jeden Sterblichen, Karaghijos, dem es gelungen war, die Nachricht von dem Drama von Mayerling bei Hofe zu verbreiten, daß Nikifor XIII. sich vor Lachen schüttelte – er selbst betätigte sich drei Stunden lang vor Akif Zadik Zade und verzweifelte am Ende der dritten, um fürderhin seinem von Urvätern ererbten Berufe zu entsagen: denn nicht einmal ihm war es gelungen, den jungen Siktirbey zum Lachen zu bewegen.

Mit Erreichung seiner Mannbarkeit zog sich Akif Zadik Zade auf seine unermeßlichen Liegenschaften in der Provinz Boskudnien zurück und widmete sich, nachdem er wieder zum Islam übergetreten war, dem Aufbau eines Harems, der an Perfektion nicht seinesgleichen hatte. Keine Landschaft der Erde fehlte zu seiner Vollständigkeit, und mir ist es, als Milchbruder und Cousin des Siktirbey, bekannt, daß für vertraute Freunde eine Menukarte dort auslag, nach der man sich an jedem beliebigen Tage die Mädchenfolge kunstgerecht und gleichsam nach kulinarischen Gesichtspunkten zusammenstellen konnte. So hatten wir an einem Ostertag verschiedenerlei

Pygmäen und Eskimoten als Hors d'œuvres, eine lindzerschmelzende Genueserin als Fisch, eine feurige Berberin als Suppe und eine Amerikanerin als rôti, schließlich eine deftige Mecklenburgerin als pièce de résistance; zum Nachtisch eine fettig-süße Parsin; endlich eine Nubierin und eine Andalusierin als Mokka und Kognak. Mein Onkel Kantakukuruz, der für seine leidenschaftliche Völlerei bekannt war, naschte noch lange nach der Tafel an einer Mulattin als Krokant. Aber auch diese Spielerei vermochte das umdüsterte Gemüt des jungen Akif Zadik Zade Siktirbey nicht aufzuheitern. Seine Abneigung gegen Schweinefleisch sowie die Unfähigkeit, zu lachen, wuchsen nur noch weiter an, und schließlich verschloß er seinen Harem und begab sich auf Reisen.

Wie es einem jungen Manne seines Namens und Vermögens geziemt, reiste er mit großem Gefolge und unter ungeheurem Aufwand. Er besuchte nacheinander die Länder des Westens, sodann Amerika, begab sich, nach der Saison in Monte Carlo, wo er Unsummen verspielte, auf Groß-

tierfang nach Afrika und segelte seine eigene Jacht nach Honolulu und Spitzbergen. Er schoß Grouse in Schottland und nahm an irischen Fuchsjagden teil, unterhielt einen Rennstall in Maisons Lafitte und blickte geringschätzig über die Sterne Hollywoods. Aber niemals, auch nicht einmal, sah man ihn sein Gesicht zu einem Lächeln verziehen, noch hörte man in seiner Stimme auch nur den gutturalen Ansatz eines Lachens.

Endlich, nach Jahren, gelangte er wieder nach Paris und begab sich zur abendlichen Unterhaltung in den Cirque Médrano. Der Direktor, der ihn erkannte, setzte alles daran, ihn zu amüsieren. Siktirbey war spät gekommen und ließ daher die Vorstellung wiederholen. Hintereinander sah er die Fratellinis, Grock, die Mistinguette, Chevalier, die Baker und einen deutschen Nachkriegsfilm, ohne auch nur einmal ein Funkeln von Belustigung zu zeigen. Endlich brachte der Direktor persönlich den Kunstschwein zur Vorstellung.

Der Kunstschwein war der erstaunlichste Dressurerfolg der Gegenwart. Er tanzte ebenso vollendet Polka wie russisches Ballett, löste die schwierigsten Rechenexempel und spielte Flöte. Er warf den Herren in den Logen Kußhändchen zu und verteilte kleine Bijouterien an die Damen. Er las aus der Hand und gab schriftlich

Traumanalysen ab. Das Publikum raste vor Vergnügen. Der Direktor blickte zu Siktirbey. Und siehe, es geschah das Unerhoffte, und Siktirbey hob seine Hand und winkte dem Direktor. Und als der Direktor zu ihm eilte, fragte ihn Siktirbey: «Was kostet dieser Kunstschwein?»

Der Direktor verstand die Frage nicht.

«Was kostet dieser Kunstschwein?» wiederholte Siktirbey.

«Erlaucht, der Schwein ist unverkäuflich», verneigte sich der Direktor entsetzt. «Ich würde ihn nicht für zehn Millionen hergeben.»

«Ich biete Ihnen zwanzig», sagte Siktirbey.

Der Direktor hielt das zuerst für einen Scherz. Aber als er sah, daß Siktirbey sich anschickte, bereits den Scheck zu unterschreiben, rief er verzweifelt: «Fünfundzwanzig!» und bedeckte sein Gesicht mit den Händen. Sodann brach er die Vorstellung ab und ordnete eine vierzehntägige Schließung des Zirkus zur Trauer um den Kunstschwein an.

Siktirbey aber befahl, den Kunstschwein in sein Hotel zu bringen. Dort ließ er sich in seinem Salon die Vorstellung in allen Einzelheiten wiederholen. Der Kunstschwein tanzte Polka und russisches Ballett, löste Rechenexempel und spielte Flöte, las Siktirbey aus der Hand und gab dem Nachtportier eine Traumanalyse ab, sodann verneigte er sich unter Kußhändchen und verteilte Bijouterien unter die Stubenmädchen. Siktirbey, der nicht die Miene verzogen hatte, blickte ihn nachdenklich an und sagte zu seinem Sekretär: «Morgen», so sagte Siktirbey, «brate man mir zum Frühstück von diesem Kunstschwein eine Karbonade.» Sodann begab er sich zu Bett.

Als man am nächsten Morgen die Karbonade brachte, roch Siktirbey daran, stach prüfend mit der Gabel hinein und fragte seinen Sekretär: «Wovon», so fragte Siktirbey, «ist diese Karbonade?»

«Vom Kunstschwein, Sir», antwortete der Sekretär (ein Engländer).

Darauf schnitt Siktirbey ein Stückchen von der Karbonade ab, steckte es in seinen Mund und kaute. Nachdem er es aber heruntergeschluckt hatte, wandte er sich wieder an den Sekretär und fragte: «Wovon», so fragte Siktirbey, «war dies Stück?»

«Dieses Stück, Sir», so antwortete der Sekretär (ein Engländer), «war von der Karbonade.»

«Und wovon die Karbonade?» fragte Siktirbey.

«Vom Kunstschwein, Sir», antwortete der Sekretär.

Da lehnte sich Akif Zadik Zade Siktirbey, der Liebling der Nation, in seinen Stuhl zurück – und er hat plötzlich so gelacht!

Soviel über die Beziehung eines Maghrebiniers zu Kunstschweinen.

XVI. KAPITEL – WELCHES BEHANDELT DIE BEIDEN LETZTEN MONARCHEN DES SEHR GROSSEN UND RUHMREICHEN LANDES MAGHREBINIEN – WEILAND SEINE MAJESTÄT DEN KÖNIG NIKIFOR XIII. UND SEINEN SOHN – DEN KÜRZLICH VON THRON UND ERBLANDEN VERTRIEBENEN KÖNIG NIKIFOR XIV. – BEIDE AUS DER DYNASTIE DER KARAKRIMINALOWITSCH.

Hat ein junger Maghrebinier seiner dringlichsten Verpflichtung gegen König und Nation genügt, so gehört sein Leben und Wirken fortan dem Vaterlande doppelt.

Meiner Herkunft sowie meinem Vermögen entsprechend, nämlich als Neffe meines Onkels Kantakukuruz und als ein Bürschchen von fertigem Geld, sozusagen, wählte ich von allen Laufbahnen, die mir offenstanden, selbstverständlich die im unmittelbaren Dienste des Monarchen, also am Hofe des Karakriminalowitsch.

Auf diese Weise hatte ich Gelegenheit, unseren so verbrecherischerweise entthronten Herrscher, Seine Majestät den König Nikifor XIV., aus unmittelbarer Nähe zu erleben und seine segensreiche Herrschaft über unser Volk und Land beobachten und richtig einschätzen zu können.

Gleich seinem erlauchten Vater, weiland dem König Nikifor XIII., war Seine Majestät, der König Nikifor XIV., ein fortschrittlicher Herrscher. Erst in reiferen Jahren, allerdings, kam er auf den Thron. Nikifor XIII. nämlich war ein zählebiger Monarch, und erst mit Hilfe eines mit Zelio-Paste bestrichenen Sandwichs gelang es, ihn zum Sterben zu bewegen. Man erzählte sich bei Hofe, daß selbst dann die kernige Natur des alten Königs sich dagegen aufgelehnt habe, so schnell auf Macht und Glorie zu verzichten: Als man nämlich, wie er im Sterben lag, die Hofleute an sein königliches Lager bestellte, um die Totengebete zu verrichten, erwachte der Monarch aus seiner Ohnmacht und rief: «Ich weiß, daß ich sterben muß, ihr Hurensöhne! Aber drängen lasse ich mich nicht!»

Sodann befahl er, eine Elfjährige auf seinen Leib zu binden, um etwas Wärme zu erhalten. Mit einem Fluche, dessen Ausgefeiltheit und unerhörte Länge heute noch in Maghrebinien vorbildgebend ist, hauchte er seine erhabene Seele aus. Das Mädchen entsagte der Welt und wurde Nonne –: so liebenswert war der Monarch noch in seinen letzten Sekunden.

Meinem Onkel Kantakukuruz war es übertragen, die Trauerfeierlichkeiten für den hohen Dahingegangenen zu arrangieren. Als den Wortgewaltigsten der Nation hatte er den Wunderrabbi von Sadagura, Rabbi Schalom Mardochaj, für die Totenrede bestellt. Jedoch machten sich schon hier die Sparmaßnahmen bemerkbar, die der junge König, Nikifor XIV., als ersten Akt seiner Regierungstätigkeit sofort erließ. Mein Onkel verhandelte darauf mit dem Rabbiner.

«Ursprünglich», so sagte Rabbi Schalom, «haben wir ausgemacht eine Rede für zehntausend Lewonzen. Also was ist jetzt?»

«Billiger», sagte mein Onkel Kantakukuruz.

«Gut, schön», erwiderte Rabbi Schalom, «also hier ist eine Rede – fast eine Sache für einen verschiedenen Monarchen – für fünf Mille: immer noch sehr schön, die Männer schluchzen, und die Weiber rupfen sich die Haare . . .»

«Billiger!» sagte mein Onkel Kantakukuruz.

«Noch billiger?» fragte Rabbi Schalom. «Von mir aus – mein Tate ist er schließlich nicht –: also drei Mille: die Nation wird sein ergriffen und gerührt . . .»

«Geht es nicht noch billiger?» fragte mein Onkel Kantakukuruz.

«Gehen geht alles», entgegnete darauf der gelehrte Mann. «Natürlich hab ich noch eine Leichenrede auch für fünfhundert Lewonzen. Aber zu der, verehrter Herr Kantakukuruz, möchte ich Ihnen, ehrlich gesagt, nicht raten.»

Ungeachtet der fortschrittlichen Richtung der Zeit war König Nikifor XIII. ein echter Maghrebinier – de la vraie souche, sozusagen –, der das Leben mit Gelassenheit als Episode nahm und es liebte, seine souveräne Sicht darauf in Fabeln und Parabeln auszudrücken.

Dereinst befragt, welches Ziel die Staatsverfassung haben solle, welche er, wie wir wissen, Maghrebinien gegeben hat, erwiderte der Monarch: «Die Zufriedenheit meiner Untertanen.»

«Euer Majestädt wollen damit sagen: ein möglichst großes Maß an Freiheit», erwiderte man ihm.

«In der Tat», sagte darauf Nikifor XIII. «Ein wildes Pferd traf einmal auf ein zahmes und spottete über dessen Beschränkungen. Das zahme

Pferd gab vor, frei zu sein wie der Wind. ‹Warum trägst du dann einen Zaum?› fragte das wilde. ‹Weil er so gut schmeckt›, erwiderte das zahme. ‹Und wozu ist der Zügel?› ‹Er verhindert, daß mir der Zaum aus dem Mund fällt, wenn ich zu faul bin, ihn zu halten›, war die Antwort. ‹Und der Sattel?› ‹Er ist so bequem: bin ich müde, so sitze ich auf und reite.›

Dieser Art», so sagte der Monarch, «ist die Freiheit, welche Untertanen zufrieden macht.»

Das Verhältnis des Herrschers aber zu seinem Volke kleidete König Nikifor XIII. in die folgende Fabel: «Ein Mann rupft eine lebende Gans, um ihre Federn zu gewinnen. Dabei wendet sich die Gans an ihn und spricht: ‹Angenommen, du wärst an meiner Stelle –: würdest du als angenehm empfinden, was du mit mir tust?› ‹Angenommen, es wäre so und du wärst an meiner Stelle›, erwidert der Mann, ‹würde es dir angenehm sein, mich zu rupfen?› ‹Wahrlich, so wäre es›, entgegnete die verbitterte Gans. ‹Eben›, sagte darauf der Mann, ‹genau das ist es, was ich denke.›»

Hoch gepriesen wurde König Nikifor XIII. vor allem für seinen Sinn für Gerechtigkeit, und nicht allein die Weisheit der Urteile, die er fällte, war beispielgebend, sondern vor allem deren Begründungen wurden richtungweisend für die maghrebinische Rechtsauffassung. Berühmt ist folgender Fall:

Ein Mann hatte einen Beutel mit 800 Lewonzen verloren. Er versprach dem ehrlichen Finder, der ihn ihm zurückerstatten würde, eine Belohnung von 100 Lewonzen. In der Tat kam bald darauf ein anderer und überbrachte ihm den Beutel. «Gib mir meine Belohnung», sagte er. Der erste überzählte den Inhalt des Beutels und fand, daß nur 700 Lewonzen darin waren. «Du hast dir die Belohnung schon genommen!» sagte er. «Nein», erwiderte der Finder, «denn in dem Beutel, den ich gefunden habe, waren nur 700 Lewonzen. Gleichwohl mußt du mich belohnen.» Darüber gerieten die beiden in Streit und brachten die Sache vor den Richter.

Der Richter hörte ihr Anliegen. «Wieviel», so fragte er den Besitzer des Beutels, «waren in dem Beutel, als du ihn verlorst?» «800 Lewonzen», erwiderte der Mann. «Ich habe dafür Zeugen.» «Und wieviel», so wandte sich der Richter an den Finder, «war in dem Beutel, den du gefunden hast?» «700 Lewonzen, Euer Gnaden», antwortete der Befragte. «Dann ist es offenbar», so urteilte der Richter, «daß der hier vor mir liegende Beutel nicht der Beutel des Verlierers sein kann. Er wird als herrenloses Fundgut hiermit eingezogen.»

Mit diesem Urteil unzufrieden, brachten die beiden Streitenden die Sache vor den König. Seine Majestät Nikifor XIII. zog den Richter zur Verantwortung. «Majestät verlangen», so rechtfertigte sich der Richter, «von dero Rechtsvertretern die strengste Neutralität. Ich habe nach der Geschichte gehandelt: Zwei Hunde stritten sich um den Besitz eines Knochens. Da sie sich nicht einig werden konnten, befragten sie das Lamm. Das Lamm nahm den Knochen und warf ihn in einen Tümpel. ‹Warum tatest du das?› fragten die Hunde aufgebracht. ‹Weil›, so erwiderte das Lamm, ‹ich ein Vegetarier bin!›»

«Und wo befindet sich der Tümpel?» fragte der König Nikifor XIII. «Der Tümpel, Euer Majestät», erwiderte der Richter, «war diesmal der Weinkeller des Restaurateurs Schorodok. Das Lamm pflegt gelegentlich daraus zu trinken.»

Darauf verurteilte der König die beiden Kläger zu einer Zahlung von 400, den Richter aber zu einer Strafe von 800 Lewonzen. «Denn», so begründete der Herrscher sein Urteil, «es stritten sich einmal ein Fuchs und eine Ente um den Besitz eines Frosches, und da sie sich nicht einig werden konnten, brachten sie die Sache vor den Löwen. Der Löwe öffnete sein Maul, um Urteil zu sprechen. ‹Ich weiß, was du sagen willst›, unterbrach ihn die Ente: ‹Nämlich, daß der Frosch keinem von uns beiden gehöre und daß du ihn also selber fressen wirst. Ich kenne deine Gerechtigkeit!› ‹Mir›, sagte der Fuchs, ‹ist es klar, daß du der Ente den Frosch, mir aber die Ente geben willst und daß du selbst mich fressen wirst. Auch ich weiß einiges über deine Gerechtigkeit!› ‹Ich war gerade dabei›, so erwiderte darauf der Löwe, ‹euch zu erklären, daß der Gegenstand eurer Streitigkeiten inzwischen weggesprungen ist. Kümmert euch also um einen neuen Frosch!›»

Diese einsichtstiefe Art der Rechtsprechung sowie der Umstand, daß man in Maghrebinien geständige Verbrecher doppelt streng bestrafte, da sie zu ihrer Unverfrorenheit der Vergehung gegen die Gesetze auch noch die Schamlosigkeit hätten, ihre Untat zu bekennen, brachte es dazu, daß die Statistik keines zivilisierten Landes einen so niedrigen Prozentsatz an Zivil- sowohl wie auch an Strafverfahren aufzuweisen hatte wie diejenige meiner sehr großen und ruhmvollen Heimat unter der Regierung Seiner Majestät des Königs Nikifor XIII. aus dem Hause der Karakriminalowitsch. Groß war dieser Herrscher in allen seinen Taten, und diese Größe hatte ihre Wurzeln in einer profunden Einsicht in das Wesen des Menschen. So liebte er es, die folgende Parabel zu erzählen: Ein Zauberer hatte sich ein Schwein dressiert, so daß es ein sauberes und ehrenvolles, auch von den Beglückungen der Geistigkeit und des Kunstgenusses reiches Leben führte, geachtet, ja verehrt und geliebt von jedermann. Endlich erachtete er es reif genug und den Zeitpunkt für gekommen, es gänzlich in einen Menschen zu verwandeln. Sofort verließ der also Verwandelte seine Pflichten, Bücher und Musikinstrumente, warf sich in einen Pfuhl und wälzte sich dort wohlig grunzend.

Es versteht sich von selbst, daß ein Herrscher von so tiefer Einsicht in das Wesen der Dinge und Menschen Widerhall in den Herzen seiner Untertanen findet und daß schließlich wechselwirkend das Verhältnis zwischen ihm und ihnen in vollkommener Harmonie zusammenklingt. So begegnete es Nikifor XIII. einmal auf Reisen, daß er an eine Brücke kam, die baufällig war, so daß das Leben jedes, der sie überschreiten wollte, in Gefahr geriet. Der Monarch, der seine kostbare Person nicht solcher unnützen Gefährdung aussetzen wollte, spendete aus seiner eigenen Schatulle die Mittel, sie instand zu setzen. Die dankbare Bevölkerung des Fleckens, an dem sich dieses zutrug, ließ die Brücke, wie sie war, errichtete daneben eine prunkvoll ausgestattete Kapelle, wo jeder Reisende Gelegenheit hatte, vor der Überschreitung zum Schutzheiligen der Brücken, dem heiligen Pimen von Kalitschanka, zu beten.

Mit dem Tode Nikifors XIII. und der Thronbesteigung Nikifors XIV. gelangte Maghrebinien, wie gesagt, in eine noch fortschrittlichere Bahn.

Hatte der junge Monarch die alte maghrebinische Sitte, beim Handkuß den Damen die Brillanten aus den Ringen zu beißen, bereits als Kronprinz dahingehend ausgedehnt, es bei den juwelengeschmückten heiligen Ikonen, die zum Kuß gereicht wurden, ebenso zu tun, so trafen doch manche freigeistige Neuerungen in konservativen Kreisen auf Befremden.

Nikifor XIV. liebte es, auf Reisen zu gehen. Einmal wurde der Monarch dabei von einem maghrebinischen Gesandten begrüßt, den er kurz zuvor mit einem hohen Orden, dem Kreuz vom Gitter (die Karakriminalowitsch führen ein Gitter im redenden Wappen), ausgezeichnet hatte. «Um die Würde unseres großen und ruhmreichen Landes entsprechend zu repräsentieren», sagte der eitle Diplomat, «bitte ich Euer Majestät untertänigst, mir gnädigst zu gestatten, daß ich die hohe Auszeichnung, die zwar sehr bunt und farbenprächtig, gleichwohl aus billigstem Blech verfertigt ist, mir auf eigene Kosten in Gold, mit echten Edelsteinen ausgelegt, herstellen lassen darf.»

Der Monarch bewilligte ihm die Gunst.

In der Tat hat der Gesandte schon wenige Tage später die Auszeichnung von einem Juwelier in Gold anfertigen und mit Diamanten, Smaragden und Rubinen belegen lassen. So wies er sie dem König vor. Als nun höchstdesselben Abreise erfolgte, stand der Gesandte auf dem Bahnhof, das Kleinod auf dem Frack. Der König aber nahte sich ihm gnädig, griff in seine Tasche und entnahm ihr eine Ordensschachtel.

«In Würdigung Ihrer Verdienste», so sagte er, «insbesondere betreffend die Repräsentation unseres großen und ruhmreichen Landes bei einer anderen Nation, scheint mir dieser Orden für Sie nicht mehr zu genügen. Ich verleihe Ihnen darum», so sagte der Monarch, «hiermit die nächste Stufe, nämlich das Großkreuz des Ordens vom Gitter.»

Damit nahm er dem Diplomaten das juwelenüberkrustete Kreuz von der Brust, steckte es in seine Tasche und heftete ihm dafür das zwar sehr bunte und farbenfrohe, gleichwohl aus billigstem Blech verfertigte Großkreuz an.

Immerhin zeigte auch König Nikifor XIV. bei allen aufgeklärten Zielen in seiner Regierungstätigkeit Züge der alten, echt maghrebinischen Tradition.

Wieder in sein Land zurückgekehrt, wurde Seine Majestät von konservativen Kreisen kühl, von der königstreuen Bevölkerung dagegen jauchzend begrüßt. Auf dem Weg zum Palast kam er an einer Hütte vorbei, die sich ein Zigeuner neu erbaut hatte. Um es im Winter warm zu haben, hatte er den Boden tief ausgehoben. Vor der Tür der Hütte war darum ein großer Erdhaufen aufgeschichtet.

«Was aber wirst du mit der Erde hier tun?» fragte ihn der Herrscher.

«Ich werde eine Grube machen und sie hineinwerfen», entgegnete der Zigeuner.

«Und was tust du mit dem Aushub aus der Grube?»

«Ach», erwiderte der Zigeuner, «wer denkt an eine so ferne Zukunft!»

«Dieser ist ein Weiser», sprach König Nikifor und machte ihn zu seinem Minister.

Was übrigens die Leichtigkeit betrifft, mit welcher die Maghrebinier auch der voraufgegangenen Generation bedauerlicherweise westlerische Gewohnheiten sich zu eigen machen, so berichtet man von einem anderen Diplomaten aus dem Hause der Pungaschij, daß er, von seinem Botschafterposten in London zurückberufen, zu einem Empfang bei Hofe in Hemdsärmeln erschienen sei. Sofort stellte ihn der Zeremonienmeister zur Rede.

«Ich habe», so entgegnete Pungaschij ihm gelassen, «die persönliche Erlaubnis Seiner Majestät des Königs Edward VII. von England, so zu tun.»

«Die persönliche Erlaubnis Seiner Majestät des Königs Edward VII. von England?» rief der Zeremonienmeister.

«In der Tat», entgegnete ihm Pungaschij, «denn als ich kürzlich bei einer Garden Party am englischen Hofe meine Jacke auszog – es war ein heißer Tag –, kam Seine Majestät auf mich zu, nahm mich am Arm und sagte wörtlich: ‹Das, lieber Pungaschij› – so sagte Seine Majestät – ‹können Sie in Metropolsk tun!› Also», sagte der Botschafter Pungaschij, «besitze ich die persönliche Erlaubnis Seiner Majestät.»

XVII. KAPITEL – WELCHES – IN FORTFÜHRUNG DES VORHERGEHENDEN – HANDELT VON DEN WIRTSCHAFTLICHEN NEUERUNGEN DES MONARCHEN KÖNIGS NIKIFOR XIV. – WIE SIE VON SEINEM FINANZMINISTER KLEPTOMANOWITSCH KLEPTOMANOW ANGEREGT WURDEN UND ZUR DURCHFÜHRUNG GEKOMMEN SIND.

Die wirtschaftlichen Verhältnisse Maghrebiniens waren seit jeher, so auch unter der segensreichen Regierung König Nikifors XIV., von erfreulicher Stabilität.

Das Land ist reich. Zwar sind die sozialen Unterschiede innerhalb der Bevölkerung beträchtlich, doch war im wirtschaftlichen Takt des einzelnen Maghrebiniers ein ebenso gerechtes wie billiges Regulativ gegeben, den Ausgleich herzustellen. Es hatte nämlich eine jegliche Ware sechs Preise, und zwar je einen besonderen für die Armen, für die Reichen und endlich für die Ausländer. Diese Preise wiederum waren unter sich gestaffelt in einen solchen für die klugen und einen solchen für die dummen Armen; ebenso in einen solchen für die klugen und einen solchen für die dummen Reichen; und endlich in einen solchen für die klugen und einen solchen für die dummen Ausländer.

Dank dieses natürlichen Systems, das man in Fachkreisen als das biologisch-dynamische bezeichnete, blieb die wirtschaftliche Balance Maghrebiniens mühelos erhalten.

So bezog zum Beispiel der jeweilige Finanzminister – meistens ein Angehöriger des historischen Hauses der Kleptomanowitsch – unter den Königen auch kein Gehalt. Es war seinem eigensten Interesse anheimgestellt, die Aktivseite der Bilanz möglichst groß zu halten. Als ein potentieller Verschleierer derselben aber wurde er freilich auch dafür einmal im Jahre, nämlich am Tage des Heiligen Demetrius Korrumpides, öffentlich durchgeprügelt. Diese Zeremonie wurde unter großem Aufwand vollzogen und gehörte zu den wichtigsten Staatsakten des ehemaligen Königreichs.

Durch Einführung fortschrittlicher Wirtschaftsmethoden unter König Nikifor XIV., welche zum großen Teil auf Anregung seines genialen Finanzministers, Jaroslaw Kleptomanowitsch Kleptomanow, zurückgingen, änderte sich dieses Verhältnis grundlegend. Die Wirtschaft wurde rationalisiert. Durch Subventionen, Schutzzölle und ähnliche Maßnahmen ging man daran, sie in sich zu festigen. Kleptomanowitsch Kleptomanow verkündete das Ethos des Staatsmanagers. Um ein Entgegenwirken neuerungsfeindlicher Elemente zu verhindern, wurden die strengsten Kontrollen ausgeübt. Ein großer Stab im Westen geschulter Beamter nahm sich unter der Devise «Per aspera ad acta» der neugestellten Aufgaben an. Das Bakschischwesen mit seiner jahrhundertealten Hierarchie wurde dadurch vollständig reformiert. Es versteht sich jedoch von selbst, daß eine so gründliche Umstellung, bevor sie volle Erfolge zeitigen konnte, nicht ohne gelegentliche Rückschläge und Krisen verlief.

So sah auch ich mich bei Gelegenheit gezwungen, mich um wirtschaftliche Hilfe an meinen

Onkel, den Bojaren aus dem Geschlecht der Kantakukuruz, zu wenden. Ich bat ihn um eine gewisse Summe Geldes und einige Frist.

«Geld», erwiderte mein Onkel, «kann ich dir nicht geben. Aber Frist, soviel du willst.»

Ich dankte meinem Onkel Kantakukuruz für seine Bereitwilligkeit und fragte ihn, wie es mit seinen Schulden stehe.

«Ich habe sie mir wesentlich erleichtert», erwiderte er.

«Wie», fragte ich, «hast du etwa einen Teil davon bezahlt?»

«Nein», entgegnete mein Onkel. «Aber ich habe sie allesamt verjähren lassen.»

«Was aber», so fragte ich, «wollen wir in Zukunft tun?»

«Dann», so erwiderte mein Onkel, «kommt, wie ich aus sicherer Quelle erfahren habe, die neueste Maßnahme Kleptomanowitschs auf wirtschaftlichem Gebiete, nämlich die Reform unserer Währung.»

«Was wird da geschehen?»

«Die Lewonze wird stabilisiert.»

Ich bat meinen Onkel, mir diesen Vorgang zu erklären.

«Das», so entgegnete mein Onkel, «kann ich mit einem einfachen Beispiel tun. Wieviel besitzest du?»

«Nichts», entgegnete ich, der Wahrheit gemäß.

«Siehst du», so sprach mein Onkel Kantakukuruz. «Nach der Stabilisierung der Lewonze (das ist: die Reform der Währung) wirst du das gleiche in gutem Gold besitzen.»

Sodann erklärte mir mein Onkel das wirtschaftliche System des fortschrittlichen Westens. Er sagte:

«Du kennst den Weisen unseres Landes Nassr-ed-Din Hodscha? Ihn träumte eines Tages, daß ihm einer für eine bestimmte Ware, die einige Para wert war, neun Lewonzen geben wollte. Er aber, um die Dummheit dieses Käufers voll auszunutzen, verlangte zehn. Darüber erwachte er. Als er entdeckte, daß sein schöner Traum zerflossen war, schloß er hastig die Augen wieder, streckte die Hand aus und rief: ‹Gib neun! Ich will's zufrieden sein!›»

XVIII. KAPITEL – WELCHES HANDELT VON EINEM WAHLGANG IN MAGHREBINIEN.

Desgleichen erhielt das sehr große und ruhmreiche Land Maghrebinien unter der Herrschaft seines Monarchen Nikifor XIV., in Fortführung der durch den verewigten König Nikifor XIII. eingeschlagenen Wege, eine konstitutionelle Verfassung. Dem Volke wurde das Recht zuerkannt, die verantwortlichen Führer in freier und geheimer Wahl selbst zu bestimmen. Allerdings unterschied sich der Vorgang dieser Wahl von den im Westen gebräuchlichen Methoden insofern, als das sogenannte negative Wahlsystem angewendet wurde, wonach nämlich die Wahlberechtigten anzugeben hatten, welchem von den aufgestellten Kandidaten sie die Geschäfte der Regierung *nicht* anvertrauen wollten. Dadurch wurde eine weit größere Wahlbeteiligung als die in andern Ländern übliche erzielt.

Es ergab sich aber gleich bei der ersten Wahl, daß die Führer der beiden um das Volksvertrauen werbenden Parteien, nämlich die Bojaren Kantakukuruz und Pungaschij als Häupter der sogenannten Hyper-Radikalen einerseits und der Ultra-Extremen anderseits, auf das Tüttelchen genau (denn auch Frauen waren wahlberechtigt) gleich viele Stimmen auf sich vereinigten. Da jedoch keine der Parteien einen Kompromiß mit ihren Grundsätzen vereinbaren konnte, wäre die Lage hoffnungslos gewesen, hätte nicht der weise Monarch aus der Machtvollkommenheit der Krone einen Ausweg gefunden: Er bestimmte, daß die beiden Führer, Kantakukuruz sowohl wie auch Pungaschij, ihre Anschuldigungen gegeneinander in Öffentlichkeit vorbringen sollten: wem aber von den beiden es gelingen sollte, seinen Gegner einer offenbaren Lüge zu überführen, der sollte an die Spitze des Staates gestellt werden.

Vor dem versammelten Volke trafen also

Kantakukuruz und Pungaschij zusammen, und Pungaschij begann:

«Dieser», so begann Pungaschij und deutete damit auf Kantakukuruz, «will die Gunst des Volkes dazu benutzen, um seine und seiner Parteigänger Macht zu festigen.»

«Lügt er oder spricht er wahr?» fragte der Monarch den Opponenten (nämlich: Kantakukuruz).

«Wahr», erwiderte dieser (nämlich: Kantakukuruz), «denn nur unter einer machtvollen Regierung kann das Volk gedeihen. Dieser aber» (und damit deutete er auf Pungaschij) «will das Vertrauen des Volkes dazu mißbrauchen, um sich und seine Parteigänger schnöde zu bereichern.»

«Lügt er oder spricht er wahr?» fragte der Monarch den Opponenten (nämlich: Pungaschij).

«Wahr», erwiderte Pungaschij, «denn nur der Reichtum gibt Gelassenheit und Muße genug, sich den Staatsgeschäften mit voller Kraft zu widmen. Dieser aber» (und damit deutete er auf Kantakukuruz) «wird alle Macht dazu verwenden, die Janitscharen zu bewaffnen und auszurüsten, während die Bürger des Landes darben werden.»

«Lügt er oder spricht er wahr?» fragte der Monarch den Opponenten (nämlich: Kantakukuruz).

«Wahr!» entgegnete darauf Kantakukuruz, «denn nur die Sicherheit gegen Überfälle der

Nachbarn gewährleistet die Blüte des Landes. Dieser aber» (und damit deutete er auf Pungaschij) «wird Fett an die Bäuche der Bürger züchten, daß sie darüber die Würde der Freiheit vergessen werden.»

«Lügt er oder spricht er wahr?» fragte der Monarch den Opponenten (nämlich: Pungaschij).

«Wahr!» erwiderte darauf Pungaschij, «denn ein voller Bauch ist besser als ein aufgeschlitzter Bauch. Dieser aber» (und damit deutete er auf Kantakukuruz) «wird die Jugend im Gebrauch der Waffen unterweisen, daß darüber die Wissenschaften und alle Werte des Geistes verdorren werden.»

«Lügt er oder spricht er wahr?» fragte der Monarch den Opponenten (nämlich: Kantakukuruz).

«Wahr!» entgegnete darauf Kantakukuruz, «denn nichts nützt ein mit aller Weisheit dieser Erde vollgestopfter Kopf, wenn er abgeschlagen ist. Dieser aber» (und damit deutete er auf Pungaschij) «wird Verweichlichung und Überfluß über das Volk der Maghrebinier bringen, daß Völlerei und Wollust herrschen werden.»

«Lügt er oder spricht er wahr?» fragte der Monarch den Opponenten (nämlich: Pungaschij).

«Wahr!» erwiderte darauf Pungaschij, «denn aus dem Überfluß kommt Verfeinerung und aus dieser wiederum werden die Künste. Dieser aber» (und damit deutete er auf Kantakukuruz) «wird, um Janitscharen zu hecken, die Mädchen unseres Landes zu dummen Glucken und die Jünglinge zu stumpfen Rammlern machen.»

«Lügt er oder spricht er wahr?» fragte der Monarch den Opponenten (nämlich: Kantakukuruz).

«Wahr!» entgegnete darauf Kantakukuruz, «denn von den Müttern kommt die Sitte und von der Sitte das Recht. Dieser aber» (und damit deutete er auf Pungaschij) «wird das Recht verwildern lassen und die Hüter der Gesetze für Bakschisch bestechlich machen.»

«Lügt er oder spricht er wahr?» fragte der Monarch den Opponenten (nämlich: Pungaschij).

«Wahr!» rief voll Erbitterung Pungaschij. «Denn wie unmenschlich wären die Gesetze ohne das mildernde Mittel des Bakschisch! Dieser aber» (und damit deutete er auf Kantakukuruz), «das Haupt der Ultra-Radikalen, wird in seiner Unbeugsamkeit und seinem Starrsinn soweit gehen, daß er den Bakschisch abschaffen wird.»

«Du lügst!» schrie darauf Kantakukuruz. «Ich selber nehme niemals weniger als tausend Lewonzen!»

So gewann mein Onkel Kantakukuruz den Wahlkampf in Maghrebinien und führte das Land zu einer ungewohnten Blüte.

Ich aber, der ich sein Neffe bin, sage Ihnen im Vertrauen: er nahm auch fünfhundert.

XIX. KAPITEL – WELCHES ENTHÄLT DIE NACHRICHT VON DER THRONVERTREIBUNG SEINER MAJESTÄT DES KÖNIGS NIKIFOR XIV. – SOWIE EINE MELANCHOLISCHE BETRACHTUNG. VERSEHEN MIT EINER FUSSNOTE ÜBER DEN UMGANG MIT MONARCHEN.

Wie bereits erwähnt, trafen die fortschrittlichen Bestrebungen des Monarchen, Seiner Majestät des Königs Nikifor XIV., bei chauvinistischen Kreisen nicht auf volle Anerkennung.

Den mittelbaren Anstoß zu der Kette von Revolten aber, die endlich den Sturz des Thrones herbeiführen sollten, gab ein Vorkommnis am Hofe: Anläßlich der Akkreditierungsvisite eines ausländischen Botschafters bemerkte der König dessen arge Verlegenheit und fragte ihn nach deren Grund.

«Majestät», so lautete die Antwort. «Sie sehen mich ratlos: ich habe, um Euer Majestät, wenn auch in aller Demut, so doch in der meinem Amte entsprechenden Würde unter die Augen treten zu können, selbstverständlich alle meine Orden, darunter auch einen preziösen Großcrachard angelegt. Zu meiner Bestürzung muß ich feststellen, daß mir dieser Stern kurz nach Betreten des königlichen Palastes abhanden gekommen ist.»

In der Tat hatte sich dieser Fall in allen Einzelheiten genau bereits einmal unter der segensreichen Regierung weiland König Nikifors XIII. ereignet. Aber durch die wahrhaft maghrebinische Staatskunst dieses Monarchen wurde er seinerzeit sogleich bereinigt.

«Wen», so fragte damals der hohe Verblichene den Gesandten, «haben Sie vor mir gesehn?»

«Nur», so war die Antwort, «Seine Exzellenz, den Herrn Außenminister.»

Alsbald ersuchte König Nikifor XIII. den Botschafter mit der ihm eigenen königlichen Höflichkeit, ihn für ein paar Minuten zu entschuldigen. Er verließ den Audienzsaal und kehrte bereits nach wenigen Minuten mit dem Ordensstern zurück. Indem er sich mit bestechendem Charme verneigte, gab er dem Diplomaten den Stern zurück. «Machen Sie sich weiter keine

Gedanken», sagte er dazu, «Seine Exzellenz, der Herr Außenminister, hat nicht das geringste bemerkt.»

Nicht so handelte bedauerlicherweise Seine Majestät, der junge König Nikifor XIV. Unglückselig beeinflußt von den fortschrittlichen Gebräuchen des Westens und uneingedenk der traditionellen, wahrhaft maghrebinischen Staatskunst seiner Ahnen, ließ der Herrscher eine peinliche Enquête veranstalten, in deren Verlauf die diffamierendsten Tatbestände an die Öffentlichkeit kamen. Die Folge waren, neben einer deutlichen Verbitterung der Betroffenen, Unruhen unter den Großen des Landes, Renitenzen unter der Beamtenschaft und Unzufriedenheit in der Armee. Immer deutlicher wurde der Riß im Staatsgebäude, bis es schließlich zu offenen Revolten kam.

Zuerst erhoben sich die Janitscharen und versuchten unter der Führung ihres Kommandeurs Pungaschij, die Macht an sich zu reißen und das Königshaus der Karakriminalowitsch zu stürzen. Dank der Energie und Schonungslosigkeit meines Onkels Kantakukuruz indes – einer Alterstat, die ihn zu den Größten in der Historie unseres großen und bislang so ruhmreichen Landes reihen wird – gelang es, den Aufstand mit des Schwertes Schärfe zu unterdrücken. Jegliche Teilnahme daran wurde blutig geahndet. Denn: das

Blut der Rebellen ist Gott angenehm.

Im Volk erhob sich darob ein großes Fürchten, denn das Volk ist träge von Gedanken und weiß zwischen der Knute des rechtmäßigen Herrschers und jener des Usurpators nicht zu unterscheiden. Da erzählte man sich im Volke folgendes Märchen:

Der König der Tiere, erbost über die Elefanten, die sich gegen ihn vergangen hatten, befahl, ihnen samt und sonders die Rüssel abzuschneiden. Als seine Wachen diesen Auftrag auszuführen im Begriffe waren, jagte ein Hase in großer Angst an seinem Thron vorbei. Der König ließ ihn fangen und vor sich bringen.

«Warum fliehst du?» fragte er ihn streng.

«Herr», erwiderte der verängstigte Hase, «du hast befohlen, daß allen Elefanten der Rüssel abgeschnitten werden sollte.»

«Und was schert dich das?» fragte der König. «Du bist doch kein Elefant?»

«Nein», entgegnete der Hase. «Wie aber soll ich das beweisen?»

Trotz seiner großen Rechtlichkeit, die aus diesem Märchen spricht, erfreute sich der Monarch nicht lange der Zuneigung seines Volkes. Erfahrene und in der Staatskunst nicht unbeschlagene Leute wie etwa mein Onkel Kantakukuruz sind der Ansicht, Nikifor XIV. wäre mit seinen fortschrittlichen Neuerungen denn doch zu weit gegangen und hätte damit jene zarte Haut verletzt, die um die magische Würde eines Königtumes liegt.

So erzählt man, daß bei seinem ersten Auftreten in der Öffentlichkeit nach der Revolte ein Bauer, welcher ein Anliegen vorzubringen hatte, zu seinen Füßen hingefallen sei.

Er begrüßte den Monarchen mit den Worten: «Heil! Sei gegrüßt, erlauchter Herrscher, größter Sohn des Landes, erhabener Prophet!»

«Schweig!» erwiderte darauf der demokratisch gesinnte Herrscher, «du bist ein Einfaltspinsel.»

«Habe ich dich nicht genügend unterwürfig angeredet?» fragte der Bauer in der Naivität des Volkes.

«Man züchtige diesen Dummkopf!» befahl der Monarch, und die Schergen folgten dem Befehl mit großer Lust.

Als dies geschehen war, sagte der Monarch zu ihm:

«Warum sprichst du mich in dieser Weise an? Bin ich nicht ein Mensch wie du?»

«Ich war verwirrt, du Schwein!» beteuerte darauf der Bauer. «Ich war verwirrt.»

So rüttelte König Nikifor XIV. aus eigener Verschuldung an den Pfeilern seines Thrones, indem er den Glauben unter der Bevölkerung verbreitete, ein König sei soviel wie jeder andere auch.

Mit seinem Sturze, der durch einen zweiten Aufstand, diesmal getragen vom Offizierskorps der maghrebinischen Armee, gelang, brach die Dynastie der Karakriminalowitsch zusammen.

Mit ihr verschwand ein guter Teil des Glanzes, der dereinst von unserem großen und ruhmreichen Lande ausgegangen ist.

Was übrigens den vorhin erwähnten Bauern betrifft, so bestätigt er die Wahrheit einer Lehre, die ich meinem Onkel Kantakukuruz verdanke: Für den Umgang mit Monarchen merke dir eines: Willst du die Wahrheit sagen, so mußt du den Fuß im Steigbügel haben.

XX. KAPITEL – WELCHES HANDELT VON ZWEI MAGHREBINIERN UND ENTHÄLT EIN ENDE – WELCHES KEINES IST.

Nach dem Gelingen des zweiten Aufstands, welcher mit König Nikifor XIV. die glorreiche Dynastie der Karakriminalowitsch stürzte, wurden die Gefangenen des ersten Aufstands aus den Kerkern befreit.

Man berichtet von zwei Maghrebiniern, die so sieben Jahre lang in einer Zelle hingebracht hatten. Als man sie befreite, blieben sie vor der Pforte des Gefängnisses stehen –: sie hatten sich noch eine Geschichte zu erzählen.

MAGHREBINIA

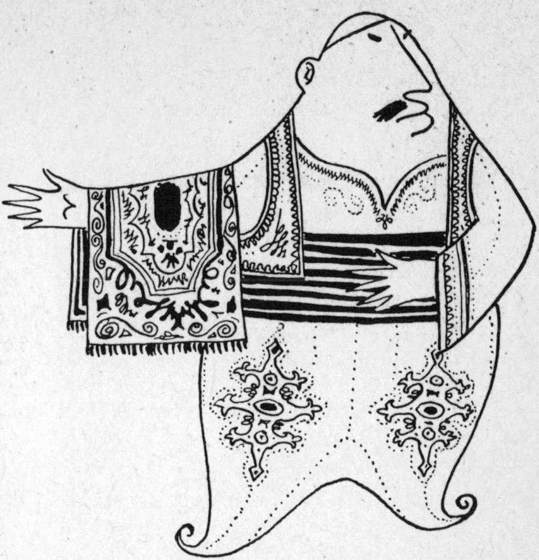